Édition Lios-Art ©
ScriptoSceptique

✳ 25 Auteurs Invités ✳
se joignent à moi pour
vous apporter
25 histoires uniques
pour 25 jours de folie
au cœur de l'univers.

Mise en garde :

Ce recueil de nouvelles a pour seul objectif de divertir et d'éveiller l'imaginaire. Lios-Art, ainsi que les autres auteurs, ne peuvent être tenus responsables des émotions, réactions ou perceptions personnelles qui pourraient découler de la lecture de leurs récits. Chaque histoire présente un univers fictif, dont les intentions sont exclusivement divertissantes, sans vouloir offenser.

Destiné à un public de 12 ans et plus, certaines histoires peuvent contenir des éléments qui nécessitent l'approbation d'un parent ou d'un tuteur avant d'être lues. Il est conseillé aux parents de prendre connaissance des contenus avant d'autoriser leur lecture, en fonction de la sensibilité de chaque jeune lecteur.

Tous les auteurs ayant écrit leur texte indépendamment, les uns des autres, sans se consulter, certaines idées ou descriptions peuvent paraître similaires, cependant elles ne sont que pures coïncidences, chacun ayant ses propres contraintes et son propre univers.

Série : LDDA

Les Dessous d'Apocalypse

Spécial Noël

Calendrier L'Avent 2025

Édition Lios-Art ©
&
Scriptosceptique

Les Dessous D'Apocalypse

Tome 1
1re édition Mars 2023
Tome 2
1re édition Décembre 2023
Tome 3 & Tome 4
Interrompu jusqu'à date indéterminée

Spécial Noël édition 2023
Novembre 2023
Spécial Noël édition 2024
Novembre 2024
Spécial Noël édition 2025
Novembre 2025

www.Lios-art.com
Admin@lios-art.com

Droit D'auteur

9 781998 905331

Les 25 Auteurs participants en ordre de texte lié au jour du calendrier.

Intro & l'avant et l'après des histoires Lios-Art ©
1-Jocelyn Grenier
2-Audria Engel
3-Peggy Vanderhispallie
4- Julie Bourgeois
5-Noémie Drolet
6-Pascale Laf
7-Didier Roth
8- Sil Socrate
9-Marianne Carpentier
10-F. LeRoy
11-Rose Plourde
12-Simon Lacroix
13-Léa-Jade Gagné
14-Robert Bergevin
15-Joseph Abboud
16-Manon Déziel
17- Joanie Frigau
18- Christina Damico
19-Mario Côté Poly
20-Alexys Bourgeois
21-Jean-Michel Gaudron
22-Steve Lacharité
23-Jas Lavoie
24-Kriek Christelle
25-Krysta L
Épilogue - Lios-Art

Conception et Écriture de l'univers
Des Dessous D'Apocalypse & Illustration par :

Lios-Art © (Aka : L. Bourgeois)

Note de l'auteur :

Certains passages de ce livre contiennent des expressions ou tournures propres au français québécois ou au français européen. Il se peut que certains termes ou usages vous paraissent inhabituels ou ambigus. Par exemple, la différence entre « un job » France et « une job » Québec peut varier selon les régions. N'hésitez pas à faire vos propres recherches si une expression vous intrigue : elle fait partie du style et de l'authenticité du récit. Ou sinon, acceptez de sourire et de deviner le sens, comme nos personnages qui naviguent entre leurs propres absurdités.

Merci!

~ Dédicace ~

À tous les aventuriers, jeunes et moins jeunes,

On dit que nous sommes faits des histoires que nous nous racontons. Je crois que nous sommes surtout faits des **souvenirs** que nous chérissons. Lorsqu'une épreuve nous frappe ou qu'une personne nous manque, ce sont les souvenirs heureux qui deviennent nos lanternes dans l'obscurité. Ils sont le plus précieux des héritages. Mais vient aussi le moment où il faut oser tourner la page, non pour effacer le passé, mais pour permettre à de nouvelles histoires de s'écrire.

C'est avec cette pensée que je dédie ce tome 2025 à tous les jeunes lecteurs qui ont suivi nos Spécials Noël jusqu'à aujourd'hui. Ce livre est pour vous, car il marque notre dernier Noël ensemble dans ce format. L'an prochain, l'aventure des "Dessous d'Apocalypse" s'achèvera avec un ultime et dernier Spécial Noël, une conclusion destinée à un public averti, avant que je ne tourne moi-même la page pour me consacrer à de nouveaux univers.

Merci d'avoir partagé ce chemin avec nous. Puisse le **souvenir** de ces lectures rester une lueur de magie dans votre parcours, un rappel que même dans le chaos, il y a toujours de la place pour l'émerveillement. Avec toute ma gratitude,

Ma reconnaissance infinie à Krysta L. pour son œil attentif et son amitié tout au long de la bêta-correction.

Lios-Art

www.Lios-art.com
Admin@lios-art.com

Prologue

Du Gros Nain Portequoi!

Le silence qui s'installa dans le Bar Céleste était presque plus assourdissant que l'explosion qui l'avait précédé. La poussière de bois magique retombait doucement, miroitant dans les quelques rais de lumière qui perçaient l'atmosphère poisseuse. Du calendrier, il ne restait que des débris, des éclats pathétiques éparpillés sur le plancher comme les os d'une créature vaincue.

Gaïa fut la première à se redresser, balayant les vestiges de sa robe. "Il est en pièces… Comment sommes-nous censées retrouver qui que ce soit maintenant?"

Apocalypse, pour une fois, semblait à court de réponses. Elle se contenta de fixer le vide, là où le dernier portail avait tout avalé. C'est alors qu'un son, étranger et incongru dans ce lieu de mythes et légendes, déchira le silence.

DRRRRING!

Ce fut Apocalypse, la plus proche, qui décrocha le vieux téléphone du bar, comme si l'appareil allait lui mordre la main. "Allo?"

La voix qui répondit n'était pas un murmure des limbes ou le grondement d'un dieu. C'était une voix de pur acier trempé, nette, précise et dénuée de la moindre patience. "Je cherche mon mari. Où est-il?"

Un silence. Apocalypse jeta un regard paniqué à Gaïa. "On… on ne sait pas exactement…"

"J'arrive."

CLIC.

La communication fut coupée aussi brusquement qu'une tête sous une lame de guillotine.

"C'était qui?" demanda Gaïa, une pointe d'inquiétude dans sa voix habituellement sereine.

Cocotte, qui s'était caché derrière une patte de table, se mit à trembler de toutes ses fibres. Il bondit sur place, ses oreilles basses. "Oh non, non, non! C'était elle!"

"Elle qui?" répliqua Gaïa, haussant un sourcil.

"L'Enfer!" cria presque le lapin. "Dans mon univers, elle est l'Enfer! Tu imagines, toi, une femme qui doit contrôler des centaines de nains à longueur d'année? Faut avoir tout un sale caractère pour gérer ça! Tu veux rire? C'est une vraie folle!"

La porte du Bar Céleste pivota sans ménagement, révélant une silhouette qui détonnait avec l'image que tous avaient en tête. Ce n'était pas une grand-mère aux joues roses, mais une femme à l'aura puissante, au regard vif, dans une tenue rouge qui suggérait qu'elle ne passait pas ses journées à tricoter.

Elle balaya la pièce d'un regard perçant. "Bon, on ne va pas y passer la nuit. Où est mon homme? Le gros qui vient une seule fois par année avec la grosse poche rouge."

Cocotte agita une patte timidement. "Allo…"

Elle lui jeta un regard distrait. "Allo, allo. Et puis? Où est le Père Noël?"

"On l'a… perdu," balbutia Apocalypse.

Mère Noël la dévisagea, incrédule. "Comment ça, "perdu"? Un gros balèze en rouge, ça illumine comme un phare, c'est difficile à manquer."

"Tu as fait vite pour arriver jusqu'ici," remarqua Gaïa.

"Vite?" rétorqua Mère Noël, agacée. "Il y avait de la congestion sur les routes magiques, j'ai failli perdre patience avec un griffon qui ne savait pas où il allait."

C'est alors que son regard de glace se posa sur les fragments au sol. Son expression changea, passant de l'impatience à une fureur froide et dangereuse. Elle s'avança lentement, le claquement de ses bottes résonnant sur le plancher.

"Qu'avez-vous fait..." sa voix était à peine un murmure, mais elle portait le poids d'un millier d'hivers. "… au calendrier?"

La question de Mère Noël, chargée comme un nuage d'orage, resta suspendue au-dessus des débris du calendrier. Mais avant que quiconque puisse répondre, elle leva un regard suspicieux vers la femme majestueuse qui se tenait près d'elle.

"Et toi, tu es supposée être qui?"

Gaïa, imperturbable, répondit simplement : "Je suis Gaïa."

Mère Noël laissa échapper un petit rire sec, dénué de toute gaieté. "Non. Impossible. Je connais Gaïa, et elle ne vous ressemble pas," dit-elle d'un ton tranchant, avant de se pencher pour ramasser une première pièce du calendrier brisé. Son geste était pragmatique, comme si la discussion était déjà terminée.

Pendant ce temps, Apocalypse fouillait les recoins du bar, ignorant la conversation, passant ses mains sur les murs et sous les tables comme si elle avait perdu une clé essentielle, un souvenir vital.

C'est Cocotte qui brisa la tension. Il s'avança timidement vers la nouvelle venue. "Moi... moi je suis Cocotte."

Mère Noël ne lui accorda qu'un regard de côté, tout en continuant sa collecte. "Et tu viens d'où, Cocotte?"

"Je suis le lapin de Pâques," répondit-il, ses pattes avant se frottant nerveusement. "Celui qui vit dans le calendrier."

Les mots semblèrent s'accrocher dans l'air. Mère Noël cessa de ramasser les débris. Son visage, jusqu'alors une tempête de frustration, se figea dans une expression de pure concentration. Un plus un. L'équation, soudaine et brutale, éclata dans son esprit.

Elle se redressa d'un coup, un éclat dangereux dans les yeux. Elle pointa un doigt accusateur vers la Mère de la Nature. "Toi… tu es Gaïa… et toi," son doigt pivota vers le lapin, "tu es Cocotte… donc vous venez tous les deux *du* calendrier."

Gaïa, qui n'était pas sûre de suivre, fronça les sourcils. Cocotte, lui, ne vit pas le piège. "Oui… pourquoi?"

La révélation tomba comme une sentence. "Parce que c'est la loi de l'échange magique," déclara Mère Noël, son ton ne laissant aucune place à la discussion. "Rien ne sort du calendrier sans que quelque chose d'autre n'y entre. Si vous êtes sortis…"

Elle laissa la terrible implication flotter un instant avant de conclure, d'une voix qui ne tolérait aucune objection. "On est dans de beaux draps."

Puis, avec un geste englobant les débris au sol, elle ordonna : "Allez. Aidez-moi à ramasser ça. Il faut reconstruire le calendrier. Maintenant!"

Jour 1

Les pièces du calendrier étaient éparpillées sur la grande table du bar tel un casse-tête maudit. Assis en cercle, les quelques survivants du chaos fixaient les fragments de bois enchanté avec une concentration mêlée de désespoir.

"Il faut être précis," décréta Mère Noël, son ton ne souffrant aucune contestation. Elle tapota la surface de la table du bout de l'ongle. "Chaque pièce doit être exactement à sa place. On doit assembler une case complète à la fois, et dans l'ordre, si l'on veut ramener chaque personne que ce maudit calendrier a avalée. En résumé : aussitôt qu'une case est finie d'assemblée, elle s'ouvre et ramène une personne. S'il manque une seule pièce, la case ne s'ouvrira pas. Si l'on se trompe dans l'ordre, la magie sera perdue. À tout jamais. Du moins, c'est la règle générale… mais avec la magie, qui sait ce qui peut vraiment arriver."

Son regard se tourna vers la silhouette qui rôdait encore dans les coins sombres de la pièce. "Tu vas venir nous aider, Apocalypse. C'est quand même de ta faute si on est dans cette merde."

Apocalypse, qui cherchait toujours quelque chose avec une anxiété palpable, s'arrêta un instant. "Juste une question… et si l'un des objets qui est entré… était magique lui aussi? Ça ferait quoi?"

"Qu'entends-tu par "magique"?" demanda Mère Noël, fronçant ses sourcils.

"Oh, cinq fois rien," répondit Apocalypse avec une fausse décontraction. "Quelque chose comme… une poupée vaudou, par exemple."

Le sang de Mère Noël ne fit qu'un tour. Ses mouvements s'arrêtèrent net, ses yeux s'écarquillant. "Es-tu en train de me dire que tu as introduit une magie noire dans un calendrier de cette sorte?"

"Non, non! Je ne fais que demander," se défendit-elle maladroitement. "Comme ça… question de savoir?"

"Si cela arrivait," commença Mère Noël d'une voix glaciale, "toutes les magies du monde entier seraient corrompues." Elle marqua une pause, laissant le poids de ses mots s'installer. "Et ce, peut-être à tout jamais. Alors, rassure-moi. Tu n'as pas envoyé de magie noire dans un objet aussi sensible."

Apocalypse ne répondit pas, du moins pas directement. Reprenant sa fouille frénétique, balayant chopes, assiettes et tout ce qui se trouvait sur le chemin de ses mains fébriles, elle répliqua d'une voix étouffée : "Il doit bien se trouver quelque part…"

"Moi, je ne serais pas contre le fait de rester ici à tout jamais," lança Cocotte d'un air enjoué. "La bière est bonne et il y a des peanuts à profusion sur le comptoir!"

Cette réplique lui valut d'être fusillée du regard par Mère Noël.

Pour changer l'atmosphère pesante, Gaïa demanda d'une voix douce : "D'où vient ce calendrier, au juste?"

Mère Noël laissa échapper un long soupir. "Oh, c'est une longue histoire…" Puis, comme pour se donner du courage, elle se mit à raconter, tout en continuant d'assembler les pièces.

"Le Calendrier de l'Avent, cette invention si précieuse, ne serait jamais née sans l'ingéniosité des premiers petits hommes aux oreilles pointues. On a fini par les appeler "nains" à cause de leurs prénoms, qui, il faut bien l'avouer, sortaient de l'ordinaire. Il y avait Nainportequoi, toujours en train d'inventer des gadgets farfelus. Sa spécialité? Un mécanisme qui lançait des bonbons… qui visaient toujours le front. Ensuite, on trouvait Nainporteoù, l'explorateur, capable de se perdre même en suivant un chemin tracé. C'est d'ailleurs lui qui a découvert "par hasard" le Grand Nord. Et enfin, leur sœur, la fameuse Nainphomane. On raconte qu'elle avait un charme tel qu'elle a convaincu les lutins de peindre les premiers calendriers en rouge vif, une couleur qu'elle qualifiait de "provocante et festive"."

Comme si le conte lui-même avait invoqué la solution, au moment où Mère Noël achevait son récit, la dernière pièce du puzzle glissa de sous une chope renversée et se retrouva entre ses doigts.

"Bon… Le moment de vérité."

Elle prit la dernière pièce et la déposa délicatement sur l'emplacement vide. Le fragment de bois s'emboîta avec un *clic* satisfaisant, comme un aimant trouvant son pôle. Un cliquetis familier et plaintif, celui d'un mécanisme reprenant vie, résonna. Les engrenages brisés roulèrent d'eux-mêmes sur la table, s'assemblant en une chorégraphie enchantée.

La première case s'ouvrit alors dans un grincement, projetant sur le mur opposé un portail lumineux, tel un projecteur spectral révélant le début de la première histoire.

Korr le Téméraire

Korr le téméraire déambulait sans but. Sa dernière bataille avec un golem avait été épique et ce nouvel exploit allait s'ajouter aux nombreux autres qui jalonnaient son parcours. Comme toujours, il en était venu à bout, non sans difficulté, mais quand c'est trop facile, il n'y a pas de mérite, répétait-il sans arrêt. Non seulement sa tête reposait-elle maintenant dans son salon avec tous ses autres trophées, mais de nouvelles cicatrices s'étaient ajoutées dans son dos. Il avait dû faire réparer son armure et une semaine avait suffi pour soigner ses blessures et maintenant, il se sentait en pleine forme. Voilà la raison qui l'avait poussé à se lancer à la recherche d'un nouvel adversaire à sa hauteur, ce qui n'était pas aisé. Ces derniers se faisaient de plus en plus rares.

Tout était calme, beaucoup trop à son goût. Cherchant les problèmes, il décida de s'aventurer dans le quartier le plus malfamé, espérant qu'une bande de voyous essaie de le dépouiller. À l'instant où il passa devant un entrepôt imposant, l'œil aiguisé de Korr fut attiré par des mouvements dans l'énorme vitrine qui s'étendait sur toute la devanture de l'édifice. Il s'en approcha afin de voir s'il y avait des gens à l'intérieur quand tout à coup, un énorme flash de lumière l'aveugla et il put ressentir une vibration sous ses pieds. Un large sourire se fendit sur son visage.

Putain, ça sent la magie à plein nez, se dit-il. Il devait aller y jeter un œil. Botter quelques culs au passage, même grassouillets, lui ferait le plus grand bien. Un nouveau flash franchit l'espace, finissant de le convaincre. Avec un peu de chance, il trouverait ce qu'il recherchait. Il se passe visiblement des trucs pas ordinaires là-dedans. Il s'élança vers la porte d'entrée, posant inconsciemment la main sur le manche de son énorme marteau de guerre noir recouvert de runes provenant du fond des âges, symbole de puissance. Malgré sa masse musculaire imposante, il bougeait avec une souplesse hors du commun. À l'instant où il posa sa main sur la poignée, il sentit une petite décharge électrique qui se répandit dans tout son corps. À nouveau, son visage s'illumina de joie. Il sentait soudainement que la nuit serait épique. Sentir qu'il approchait d'un possible champ de bataille l'excitait au plus haut point, tellement qu'il en ressentait l'effet jusque sous ses couilles d'acier.

Avec une lenteur mesurée, il poussa la porte qui s'ouvrit sans résister. Avant de franchir le pas, il prit son énorme massue de guerre en main et entra. Étonnamment, il n'y avait rien et il se demanda où étaient passées toutes les silhouettes aperçues de l'extérieur. Au moment où, déçu, il passa sa main dans son épaisse chevelure, un courant d'air glacé lui caressa l'échine, ravivant ses espoirs de bataille.

Un nouvel éclair traversa toute la pièce, dévoilant plusieurs dizaines de silhouettes sombres, toutes tournées dans sa direction, comme si elles observaient l'intrus qui envahissait leur espace. Une fois que les ténèbres eurent repris leurs droits, un tremblement secoua tout l'édifice qui tout à coup disparut. En un clin d'œil, il avait été emporté ailleurs, dans une clairière jonchée de centaines de cadavres fraîchement tués. Quelques charognards ailés s'affairaient déjà à dévorer cette nourriture si gentiment offerte. Il avait beau fouiller sa mémoire, il ne reconnaissait pas cet endroit. Au loin, derrière une colline, des hurlements s'élevèrent comme si une bataille faisait rage. Korr s'empara de son marteau et se dirigea au pas de course dans la direction d'où provenaient les hurlements. En quelques secondes, il avait parcouru la centaine de mètres le séparant du sommet. Devant ses yeux, une armée de femmes, à demi nues, combattait une légion de morts. Une grande rousse à la chevelure flamboyante maniait son épée avec une hargne qui soulevait son admiration. Elle avançait, tranchant, membres et têtes de ses gestes puissants et précis. Korr admira sa férocité et son corps à la musculature finement découpée. Ses jambes musclées la propulsaient par-dessus les cadavres qui s'étaient accumulés sur le champ de bataille. Ses seins se balançaient au fil des mouvements rageurs du combat. Il voyait que de temps à autre, elle observait au-delà de la masse de morts-vivants. Korr regarda dans la direction qui l'intéressait tant et là, un homme dans une longue robe cramoisie se tenait les bras élevés vers le ciel en direction de l'armée de morts. Visiblement, il s'agissait d'un sorcier. Ses traits déformés par la concentration ne rataient rien de la scène qui se déroulait devant lui.

Voilà qui était tout à fait dans ses cordes. À lui d'apporter son aide et d'éliminer ce fils de pute et en bonus, peut-être aurait-il une chance de se faire la jolie rousse au caractère de feu en remerciement pour ses services.

Sans plus d'hésitation, il se lança dans la bataille, massacrant ceux qui s'interposaient entre lui et le sorcier. Son marteau s'écrasait sur les corps décharnés les envoyant valser dans les airs comme des fétus de paille. La puissance de ses coups rivalisait sans difficulté avec la rouquine qui faisait pâle figure à côté de lui. Il savait qu'elle l'avait aperçu du coin de l'œil et il redoubla d'ardeur afin de l'impressionner. Son objectif ne se trouvait plus qu'à une dizaine de mètres. Les mouvements de moulinet qu'il faisait avec son énorme marteau projetaient les morts au loin, ouvrant le chemin vers celui qui les avait ramenés à la vie. Arrivé à sa cible, il mit toute la puissance dont il avait le secret et le sorcier fut désintégré. Disparue, son armée s'écroula dans la seconde qui suivit.

Satisfait, Korr se retourna vers la femme qu'il convoitait afin de réclamer sa récompense. Malheureusement pour lui, ses efforts s'avérèrent futiles et le guerrier n'obtint pas la gratification espérée. Arrivée près de lui, elle hurla dans une langue inconnue et le frappa avec force à la poitrine. Surpris, il perdit l'équilibre alors qu'au même moment, un grand trou sombre s'ouvrit derrière lui. En conséquence, Korr tomba dans une bouche d'égout en gesticulant trop près du bord.

Auteur : Jocelyn Grenier

Suite —

Le portail s'éteignit comme la fin d'une vieille bobine de film usée.

Cocotte fut le premier à briser le silence : "Quoi, c'est tout?" lança-t-il avant d'envoyer une poignée de peanuts dans son gosier.

Gaïa leva le morceau assemblé, cherchant le moindre changement sur l'objet.

"Patience, répliqua Mère Noël. Ce n'est pas instantané, vous savez."

"Bon, ben moi, en attendant, j'ai soif. Je crois que je vais me servir une bière." Il bondit de son tabouret et se dirigea vers le comptoir. "Qui en veut une?" demanda-t-il, espérant secrètement que tout le monde refuserait. Son offre n'était rien de plus qu'une politesse de façade.

Soudain, un bruit de bois craquant sous tension résonna. Les lattes du plafond, juste au-dessus d'Apocalypse, se brisèrent avant d'être aspirées dans un vortex laissant un trou béant. Un cri de désespoir, venu du lointain, résonna dans la salle. Tous fixèrent l'ouverture avec curiosité... quand soudain Korr en émergea. Apocalypse eut juste le temps de se s'écarter avant qu'il n'atterrisse lourdement à sa place.

"Que m'est-il arrivé?" demanda Korr en titubant.

Personne n'eut le temps de répondre qu'une masse ronde de métal surgit du trou et le heurta violemment au crâne. Korr s'effondra, inconscient.

"C'était quoi, ça?" demanda Gaïa.

Cocotte, déjà parti à la course, inspecta le nouvel arrivant. "Il va bien. Il risque juste d'avoir l'Himalaya qui va lui pousser sur le front après s'être mangé le tampon de métal d'une bouche d'égout en pleine tronche."

Mère Noël se précipita derrière le comptoir et ramassa la plaque de métal avec une aisance déconcertante. "Il faut vite renvoyer cette plaque-là d'où elle vient!" s'exclama-t-elle.

Telle une athlète olympique au lancer du disque, elle fit tournoyer le tampon au-dessus de sa tête avant de le projeter de toutes ses forces dans le vortex, juste avant que celui-ci ne se referme.

Aussitôt, les planches de bois reprirent leur place, se remboîtant tranquillement, refermant l'ouverture comme elle s'était ouverte.

Apocalypse la regarda faire, la bouche grande ouverte, puis finit par balbutier : "Comment avez-vous fait?"

"Comment, j'ai fait quoi?" répondit Mère Noël d'un air innocent.

"Ça devait peser une tonne!" répliqua Apocalypse.

"Ah, ça? Pfff, une broutille! Après toutes ces années à lever la poche de mon homme, ce petit disque ne pèse rien pour moi."

Mère Noël alla se rasseoir. "N'oubliez pas la première règle : s'il y a quoi que ce soit qui sort du calendrier et qui n'appartient pas à ce monde, quelque chose d'autre devra y retourner. On doit renvoyer tout ce qui en sort et qui n'a pas sa place ici."

(Trouvez le Jour 2 dans le calendrier et allez à la page indiquée)

Jour 17

Les flammes, malgré leur nature inoffensive, restaient collées au bois du calendrier, forçant un arrêt prolongé de sa restauration. Profitant de cette pause, Joseph avait ouvert la porte et creusait frénétiquement dans le mur de terre. Apocalypse le rejoignit, curieuse. "Je ne crois pas que tu arriveras à creuser assez pour nous sortir de là."

Joseph se retourna, une main ouverte remplie d'insectes et la bouche débordante d'asticots grouillant. En deux ou trois bouchées, suivies d'un bruit de déglutition sonore, il avala ses bestioles avant de répondre, sous le regard écœuré de son interlocutrice. "J'avais une faim de loup."

"Tu sais, il y a une cuisine à l'arrière si tu veux manger, pas besoin de…" Elle ne compléta pas sa phrase, mais fit un geste de l'index vers le mur de terre et les restes qui bougeaient encore entre les dents de Joseph.

Mère Noël, n'ayant entendu que le mot "cuisine", intervint. "Justement, mon estomac crie famine! Je prendrais bien quelque chose à manger. Si je continue à avaler des cacahuètes et de la boisson, je vais finir par ressembler à lui." Elle pointa le lapin, qui redressa la tête, sentant qu'on parlait de lui.

"Je peux vous faire pousser des fruits en quelques secondes," proposa Gaïa.

"Eh… non merci," refusa sèchement Mère Noël. "Non pas que je doute de ta bonne intention, mais manger quelque chose dont la source provient du calendrier… je ne veux simplement pas prendre de risque."

Les heures passèrent, les estomacs se remplirent, mais la question du jour n'était toujours pas résolue. Comment allaient-ils régler la situation du calendrier?

"On ne peut pas se permettre de sauter une journée, au risque de devoir tout recommencer," rappela Mère Noël.

Personne n'avait remarqué que le martèlement sourd qui résonnait depuis le Jour 12 s'était arrêté. Ce qui attira finalement leur attention fut un hurlement d'alerte. C'était Kerrak. Il avait enfin retrouvé ses esprits et fonçait droit sur eux, les bras grands ouverts. "Attention!"

Le feu sur le calendrier vacillait, un détail qui leur avait également échappé. Une silhouette commençait déjà à en émerger quand Kerrak percuta Mère Noël, la saisissante pour l'écarter de la trajectoire du nouvel arrivant. Cupidon tomba lourdement, brisant la chaise qui vacillait encore sous l'impact. Les ailes écartées, le visage contre terre, le choc fut violent.

Cependant, une seconde silhouette passa à son tour à travers les flammes, venant percuter le premier individu. L'impact fut amorti, mais pas assez pour l'empêcher de rebondir dans le mobilier environnant.

Surexcité par la scène, Cocotte déclara : "C'est un vrai buffet deux pour un, aujourd'hui!"

Apocalypse repoussa les chaises qui lui bloquaient la vue pour découvrir non pas un, mais deux individus parfaitement identiques.

Kerrak se dégagea, libérant Mère Noël saine et sauve. Mais avant même qu'ils ne puissent se relever, une lumière intense et éblouissante remplit le bar. Les flammes sur le calendrier prirent de l'expansion, se gonflant comme une cage thoracique qui reprend son souffle, avant de se rétracter violemment sur elles-mêmes. Dans ce mouvement, elles aspirèrent les pièces de bois éparpillées au sol, qui vinrent s'incruster à leur place dans le cadre avec une série de clics cristallins.

Partiellement aveuglés par l'éclat, les personnages comprirent ce qui venait de se passer en entendant la mélodie, à la fois tant attendue et redoutée, du mécanisme du calendrier qui s'enclenchait. La vision du jour était prête.

Famine

"Famine ô Famiiiiiiiine! Mais quelle idée grotesque que de m'affubler de ce nom! Je vais leur en donner de la famine moi! Pauvres humains. N'être faits de rien. Vous avez beau avoir de la peau et plein de graisse dessous, vous êtes vides et laids. Bien plus que moi!"

Famine se traîne dans l'ombre de la ville. Invisible aux yeux de la plupart des gens, il erre sans but. Il divague et déblatère dans un langage coloré et suintant de méchanceté. Famine aime parler, s'exprimer, jouer avec les mots. Famine n'a pas toujours été cet être laid, repoussant et effrayant. Son crâne dépourvu de tout cheveu et même de duvet présente de longs et profonds sillons. Quelle déchéance d'être passé de célèbre speakerine, enviée et adulée, à ce corps infâme et affligeant! Dans ce monde, plus de sexe, ni femme ni homme, Famine n'est plus qu'un nom, un concept qui promène ses longs membres décharnés dans une sorte de ballet lugubre que toute ballerine un peu saine d'esprit, refuserait de danser!

La Société l'a rejeté. Du haut de son piédestal, déchue et condamnée à errer en se nourrissant des pensées nauséabondes qui peuplent le monde. Cela en punition. Son ancien "elle" abreuvait la populace de mauvaises nouvelles. Jusqu'au jour où le messager s'est fait lyncher à cause du message. Quand la lucidité n'est plus, il ne reste que la folie. Famine le sait à présent, rien ne pouvait protéger son existence de la brutalité des Hommes.

Dans la neige qui tombe et compose un long tapis de coton à perte de vue, Famine se sent de plus en plus faible. Comment se nourrir assez quand les maisons affichent guirlandes et décorations lumineuses à profusion? Des chants de Noël s'entremêlent de maisons en boutiques. Les gens affichent des mines réjouies, trop heureux de plonger dans la décadence des fêtes pour oublier leur quotidien mortifère.

Pour Famine c'est le comble de l'horreur! Une longue traversée du désert jusqu'à ce que les esprits s'échauffent à nouveau autour de la dinde fourrée et de la bûche trop alcoolisée. Sauf que ce soir, il redoute ce qui va arriver. Une atmosphère poisseuse l'entoure, lui compresse le torse, accentue le craquement de ses os à chaque pas. Quelque chose d'anormal se passe. Une autre mélodie, discrète, joue derrière les traditionnelles musiques entraînantes. Une plainte musicale, une voix au timbre éraillé, des notes grinçantes qui s'accrochent. Un air qui dérange, qui provoque des frissons, qui fait vibrer au fond de l'esprit de Famine, des émotions qu'il avait oubliées.

Les notes deviennent folles, elles s'allongent indéfiniment, se superposent, s'imposent. Les yeux éteints de notre ami s'affolent. Devant eux la ville se met à tanguer pour accompagner la musique. Les maisons s'étirent vers les étoiles, les lumières vacillent en prenant des airs de flammes de l'Enfer. Les Pères Noël charmants qui souriaient de toutes leurs dents ont perdu leur charme et leur air aimable. Leurs mâchoires se sont acérées, prêtes à dévorer quiconque les approcherait. Leurs joues ne sont plus rouges à cause de la douce chaleur d'un bon verre de vin chaud, mais d'un reste de sang de Rudolphe, le chef des rennes, gisant à leurs pieds.

Famine tente d'avancer plus vite, désirant plus que tout échapper à ce cauchemar qui se joue autour de lui. Partir, courir, fuir! Tout sauf mourir! Il préfère continuer à souffrir, mais se savoir être, se savoir exister, encore un peu. Dans les coulisses de cette vie qui l'a rejeté. Malgré sa faiblesse, il fait de son mieux pour marcher vite. Ses pieds frêles s'enfoncent de plus en plus profondément dans la neige, comme si elle aussi voulait se joindre à ses tortionnaires pour le maintenir prisonnier. Il doit y arriver! Il ne peut pas tout perdre maintenant. Il est si proche du meilleur moment de l'année, celui où la mauvaise foi et les secrets vont dévaster les familles, avec leurs orgies de noms d'oiseaux et de sorts lancés à tue-tête. Ce Réveillon lui permet de tenir toute une année tant les gens sont à cran! L'espoir de passer une soirée mémorable comme dans les films (ou leurs souvenirs déformés) les met tellement sous pression, qu'au moindre pas de travers, c'est comme une bombe lancée en plein dans le volcan!

Famine s'attache à ses pensées, à cet espoir, à son objectif. La mélodie se mue peu à peu en cri, en hurlements, en grognements, en claquements. Une peur viscérale le terrasse. Son ouïe saturée de bruits anxiogènes, sa vue débordée par les images angoissantes d'une réalité déformée, ses jambes tétanisées par le froid de la neige, son esprit n'arrive plus à faire face. Ses haillons claquent autour de lui, au rythme des rafales de vent qui se sont levées. La tête dans les mains, il ne se rend pas compte que cette agitation n'a rien à voir avec la météo. Les ombres des Pères Noël et autres lutins l'ont rattrapé. Ce sont eux, la magnifique chorale qui le terrorise en le poursuivant. Ce sont eux qui lui tournent autour dans une ronde folle, riant, criant, claquant des dents.

Un cri déchirant perce tout ce boucan. Venant des entrailles de Famine.

"Je l'ai eu! Je l'ai eu!"

L'ombre d'un lutin malin sautille au-dessus du corps décharné, sous les yeux amusés d'ombres plus grandes. Dans sa main, on peut voir un cœur frêle qui goutte et signe le sol de coton avec la mort de sa première victime. Famine sent qu'il est fini, autour de lui tout n'est plus que désespoir. Qui viendrait au secours d'un pauvre hère tel que lui? La réalité se brise autour de Famine, le plongeant dans une tempête de chaos où il se fait dévorer par des ombres mouvantes.

Auteure : Joanie Frigau

Suite —

Mère Noël se releva. "Ouin, de quoi couper l'appétit... Merci, Kerrak, de m'avoir tassée juste à temps."

"J'y suis pour rien," répondit-il. "J'ai eu le pressentiment que quelque chose n'allait pas. Que s'est-il passé ici?"

"C'est une longue histoire," intervint Gaïa.

"T'es mieux de sortir ton baril de popcorn si tu veux tout savoir," répliqua Cocotte.

Mère Noël regarda le bar et se demanda comment tout ça avait pu dégénérer autant. L'odeur était un parfum de renfermé, le plancher une litière de résidus cosmiques qui cachait le bois. On pouvait suivre Joseph à la trace, comme s'il creusait une tranchée à chaque déplacement. Il ne restait presque aucune table ou chaise encore sur ses quatre pattes. Le comptoir, autrefois d'une propreté immaculée, était devenu un monticule de bouteilles vides et de coquilles de noix variées. Cocotte avait les pattes noires jusqu'aux genoux, laissant de petites traces comme dans de la neige volcanique. La Folie n'avait pratiquement pas bougé de son coin. Le mur des inconscients était devenu une chaîne de montagnes ensevelie, d'où l'on ne distinguait les corps que par les narines qui repoussaient la poussière. Le calendrier était le seul endroit qui avait conservé un semblant de propreté, mais les pièces étaient ensevelies.

Elle regarda Kerrak et demanda poliment : "Tu me prêtes tes bras? Il faudrait déplacer les inconscients et peut-être nettoyer l'endroit avant qu'on n'arrive plus à respirer."

Apocalypse avait entendu l'appel et, s'emparant d'un balai, avait commencé à balayer.

Gaïa demanda : "Et moi, que puis-je faire pour aider?"

Avant même que quiconque ne réponde, un gémissement rauque et humide, suivi d'un bruit de verre qui roule, se fit entendre de derrière le comptoir. Apocalypse et

Mère Noël échangèrent un regard surpris. C'était là que Chaos s'était effondré.

Une main agrippa le rebord du bar, puis une autre. Lentement, la silhouette de Chaos se hissa. Il n'était que l'ombre de lui-même, le visage pâle, couvert de sueur. Il porta une main à sa gorge, son corps secoué par des spasmes. "J'ai… j'ai le cœur qui lève…" haleta-t-il. "On dirait… qu'on essaie de me l'arracher…"

Il se pencha par-dessus le comptoir et vomit. Une substance noire, épaisse et visqueuse, qui se répandit sur le sol en une flaque nauséabonde. Après une dernière convulsion, il s'effondra à nouveau.

Cocotte sauta plus loin sur le comptoir pour éviter une éclaboussure. "Beurk! Ça, c'est encore pire que Pestilence!"

La Folie, au contraire, se pencha avec un intérêt malsain. Elle trempa le bout de son doigt dans la flaque noire, le porta à ses lèvres et claqua la langue. "Hmm… un arrière-goût de désespoir. J'aime bien!"

Son geste fut interrompu par un mouvement dans la flaque. Elle se mit à bouillonner, et une silhouette commença à s'en extraire. C'était Famine, décharné, qui se hissa sur le plancher avant de s'effondrer, inconscient.

(Trouvez le Jour 18 dans le calendrier et allez à la page indiquée)

Jour 9

"Il faut la déplacer," déclara Apocalypse, sa voix rauque brisant le silence. "Avec les autres. Pour la mettre en sécurité."

Cocotte, qui s'était réfugié sur le comptoir, refusa de l'aider. Il s'assit en tailleur, le dos tourné, serrant la poupée Joseph dans ses bras comme un enfant boudeur. "J'en ai assez de transporter des corps mouillés," marmonna-t-il pour lui-même.

Apocalypse ignora son caprice, mais remarqua une étrange synchronicité : plus le lapin caressait distraitement la poupée, plus le vrai Joseph, dans son sarcophage de glace, semblait se calmer. La tension qui faisait vibrer le bloc de glace s'apaisait.

Mère Noël s'approcha pour l'aider à soulever le corps gluant de Thalira. Tout en la transportant vers le "coin des évanouis", elle posa la question qui lui brûlait les lèvres. "Apocalypse… cette Gaïa… la reconnais-tu? Sais-tu comment elle est arrivée ici?"

Pour la première fois, une fissure apparut dans l'armure d'Apocalypse. Elle secoua la tête, évitant le regard de Mère Noël. "Non. Je ne me souviens de rien de l'année précédente. J'étais… j'étais coincée dans le calendrier, moi aussi. Quand je suis revenue, toute cette période s'était effacée de ma mémoire. Un trou noir."

Alors qu'un silence stupéfait accueillait cette révélation, la petite voix de Cocotte s'éleva, sans même qu'il ne se retourne. "On était tous coincés dans une histoire," marmonna-t-il en berçant la poupée. "Une histoire de fin du monde. Certains ont appelé à l'aide, très fort. Et quand on est sortis… elle était là."

Mère Noël se retourna brusquement, les yeux écarquillés par la confirmation de ses pires soupçons. Elle ouvrit la bouche pour déclarer quelque chose, mais son regard fut attiré par un mouvement sur la table. Des racines, sorties du sol, étaient en train de bouger délicatement les pièces du calendrier. Par crainte, elle se précipita vers la table, mais avant même qu'elle n'y arrive, des lianes plus épaisses jaillirent du plancher et se dressèrent devant elle, tels des serpents, lui barrant le passage. Elle tenta de les contourner, mais elles ondulèrent, suivant ses mouvements pour lui bloquer le chemin.

Un clic net provenant du calendrier attira l'attention de tous, suivi du grincement familier d'un mécanisme qui s'enclenche. Une vague de brume dense et glaciale sortit de la case assemblée, tombant de la table comme une avalanche silencieuse. Un froid polaire saisit la pièce, et le souffle glacial se propagea à travers la forêt improvisée. Un givre blanc se répandit à une vitesse surnaturelle, grimpant le long des troncs, figeant les feuilles sur place.

Les arbres, désormais couverts de glace, se transformèrent en un labyrinthe de miroirs, leurs surfaces gelées reflétant non pas leur propre monde, mais un bar d'une autre dimension, tordu et désolé. Puis, lentement, les reflets s'estompèrent pour laisser place au déroulement de l'histoire du jour.

La Bête des Vaches

Dans les Montagnes Sauvages habite un féroce barbare. Établi dans un village en forêt, Varag a la réputation d'être invincible et sans pitié pour ses ennemis, mais attentionné envers son entourage. Avec sa musculature impressionnante et son corps recouvert de cicatrices, il terrorise tous ses opposants. À travers ces blessures, sa peau comporte de nombreux tatouages exposant des créatures mythiques et des scènes de batailles monstrueuses auxquelles il a participé au fil des ans.

Un matin, le chef du village lui demanda de passer le voir à sa demeure. Apparemment, depuis quelques jours, certaines vaches avaient disparu des champs. Celles restantes dans les pâturages produisaient désormais beaucoup moins de lait. C'est comme si une bête les terrorisait la nuit et venait en enlever pour faire je ne sais quoi avec. La production de lait avait diminué considérablement dans les derniers jours et cela dérangeait le dirigeant. Ce produit est tellement important dans la vie de tous les jours, il sert à la préparation de plusieurs de leurs repas. Varag se souciant du bien-être des habitants de son village, prit cette mission à cœur, ayant pour but de résoudre ce mystère.

Au soir, lorsque le soleil se coucha, il fit son sac et alla s'installer sur le bord du champ clôturé le plus proche du village. De là, il pouvait surveiller les alentours. En plus, ce soir-là, la Lune était quasiment pleine, ce qui rendait la surveillance beaucoup plus facile. Varag s'était apporté un bâton de bois pour pouvoir graver la surface de celui-ci. Il s'en servirait pour marcher lors de sa prochaine expédition.

La nuit avança mais rien ne se produisit. Quand les premiers rayons du soleil réapparurent, Varag, fatigué, décida de rentrer chez lui aller se reposer. Malgré la soirée tranquille, les inquiétudes planaient encore dans le village.

Varag retournait souvent surveiller près des champs pendant la semaine mais rien ne se produisait. C'est comme si du jour au lendemain la bête avait disparu. Découragé, il abandonna et arrêta d'aller veiller les vaches.

Quelques mois plus tard :

L'hiver commençait à arriver dans la montagne, il était donc le moment de rentrer les vaches dans la ferme. Notre valeureux guerrier, à la masse imposante, était parfait pour aider à la tâche. Il offrit même de travailler plus tard pour finir pendant que les autres retournaient souper auprès de leur famille.

Quand il lui resta seulement quelques aller-retours entre la ferme et le champ à faire, il s'accorda une petite pause pour boire de l'eau et manger un bout de pain. C'est alors qu'il entendit les buissons près de lui bouger. Pourtant il était supposé être seul rendu à une heure aussi tardive. Sans trop se soucier plus du dérangement, il se remit à la tâche. Il fit un autre voyage, mais quand il revint, un bruit lui provenait encore du buisson, mais cette fois-ci, il était un peu plus fort. N'ayant d'autre choix que d'aller vérifier ce qui se passait, il prit la direction de celui-ci. Le son devint de plus en plus clair et distinct à mesure qu'il approchait des arbustes. L'ombre de quelque chose commençait à apparaître, c'était grand, minimum trois mètres de haut. Mais cela n'arrêta pas Varag l'invincible. Il fit un pas de plus avant de pouvoir découvrir ce qui se cachait. Ce qu'il vit le surprit.

C'est à ce moment qu'il comprit que ce n'était pas qu'un simple animal auquel il avait affaire. La bête qui se cachait derrière le buisson était en fait en train de dévorer une vache. Cela ne prit pas beaucoup de temps pour faire le lien dans sa tête, la chose qui avait terrorisé les vaches et qui en avait enlevé cet été était de retour. Varag sauta tout de suite sur son adversaire mais celui-ci était plus redoutable que les précédents. Pensant avoir vécu tous les types de batailles dans sa vie, il changea vite d'avis lorsque le monstre pivota vers lui. Non seulement il était géant mais il avait la peau des bras recouverte d'écailles tranchantes, comme une lame fraîchement forgée.

Ayant comme devoir de protéger son village, l'affrontement était obligatoire. Il devait au minimum éloigner cette monstruosité du village. De plus, il ne voulait pas réveiller les habitants qui, à cette heure-là, dormaient déjà. Cela lui faisait une raison de plus pour déplacer le combat plus loin. Il essaya de repousser la bête dans la forêt qui longeait les champs mais sans succès, celle-ci n'avait aucunement peur du guerrier. Varag se vit malheureusement obligé de partir à courir à travers les arbres en direction du sommet de la montagne peut-être que le froid effraierait la bête. Rapide comme un lièvre, il entreprit sa course sans s'arrêter ni regarder derrière lui. Il pouvait deviner que la créature le suivait puisqu'il entendait les branches craquer sous son poids. Plus il montait haut, plus la température descendait. Peu de temps après, il put apercevoir de la neige et elle devenait de plus en plus épaisse. Il avait oublié à quel point le climat changeait vite en altitude, surtout en approchant de la saison hivernale, c'était pire.

La bête commença à ralentir elle aussi, cela devenait de plus en plus difficile d'avancer. Les lumières du village, qui était plus bas, avaient disparu depuis longtemps et Varag ne savait pas à quelle altitude il était rendu mais il savait qu'il devait être haut car le froid commençait à transpercer sa peau. Il tourna la tête par-dessus son épaule pour vérifier où en était rendu le monstre. Évaluant qu'il était à peu près à 50 mètres de distance, il ralentit sa cadence pour donner un petit peu de repos à ses jambes sans avoir à s'arrêter. C'est lorsqu'il ramena son regard vers l'avant qu'il s'aperçut que le terrain devenait plus accidenté. Il fit l'erreur de passer à côté d'un bout de rocher qui dépassait de la surface de la neige et tomba dans un ravin qu'il n'avait pas remarqué.

Auteure : Marianne Carpentier

Suite —

L'histoire s'arrêta brusquement dans un bruit assourdissant de milliers de miroirs éclatant en même temps, ramenant brutalement les personnages à la réalité. Les arbres de givre qui formaient le labyrinthe se fissurèrent de toutes parts. Un vent de tempête hurlant s'engouffra de ces fractures, projetant dans le bar une poudreuse si dense qu'elle ressemblait à un blizzard en pleine furie.

Apocalypse et Mère Noël durent couvrir leur visage de leurs bras pour tenter de voir à travers le tourbillon blanc. Les murs et le toit vibraient à tout rompre sous la pression de la tempête surnaturelle. Emporté par une rafale, Cocotte fut soufflé du comptoir. Il fit un salto involontaire avant d'atterrir dans le lavabo avec un bruit d'impact métallique. "Aïe, ça fait mal!" cria le lapin. "Je crois que je viens de taper le fond!" Il serrait la poupée Joseph de toutes ses forces contre lui, comme un bouclier de fortune.

Telles deux aventurières luttant contre les vents de l'Himalaya, Apocalypse et la dame en rouge tentèrent de se frayer un chemin. Mais le vent qui s'échappait des fissures était si violent qu'elles arrivaient à peine à mettre un pied devant l'autre.

"Arrives-tu à voir le calendrier?!" s'écria Mère Noël, sa voix presque entièrement étouffée par le vacarme.

"Non! Je vois à peine le bout de mon nez!" hurla Apocalypse en réponse, sa voix résonnant étrangement en écho dans la tempête.

Le blizzard sembla alors se concentrer en un seul point, près du mur du fond. Le vent se mua en un vortex vertical qui aspira toute la neige, la faisant tourbillonner sur place. Au cœur de la tornade de glace, une masse sombre chuta lourdement sur le sol. C'était Varag, le barbare, couvert de neige et de givre, qui s'effondra, inconscient.

(Trouvez le Jour 10 dans le calendrier et allez à la page indiquée)

Jour 22

La porte du bar s'ouvrit dans un fracas qui fit sursauter tout le monde, arrachant la pièce à sa torpeur morose. Pestilence se tenait dans l'embrasure, désordonné, chancelant, l'ombre de lui-même. Il pointa un doigt tremblant vers le comptoir. "Servez-moi à boire."

Apocalypse jeta un œil par l'ouverture avant qu'elle ne se referme d'elle-même. Dehors, il n'y avait plus rien. Le mur de terre du Jour 14 s'était volatilisé, ne laissant qu'une noirceur vide et infinie obstruer la nuit.

Cocotte, depuis le comptoir, plissa son nez. "Hey, toi! T'étais pas mort et enterré?"

Surpris, Pestilence porta une main à son crâne. "Je ne me souviens pas de ce qui m'arrive, mais je peux t'affirmer que je sais qui je suis. On m'appelle Pestilence." Son regard trouble balaya la pièce et se posa sur le vrai Joseph. "Quelle désolation. La poupée n'a jamais été super jolie, mais comment a-t-elle fait pour grandir autant?"

Kerrak, qui s'était enfin servi un Jack on the Rock, n'eut même pas le temps de porter le verre à ses lèvres. Pestilence le lui arracha des mains et le cala d'un trait. Le son des glaçons heurtant ses dents résonna dans le silence. "Je ne sais pas pourquoi," grogna-t-il, "mais j'ai comme un goût de terre dans le fond de la gorge."

"Barman! Un autre, sur-le-champ!"

Kerrak, à contrecœur, remplit à nouveau son verre, plus curieux de l'attitude étrange de Pestilence que véritablement fâché de s'être fait voler sa boisson. "Merci, mon champion."

Pestilence n'avait pas encore porté le rabat-joie à ses lèvres qu'il aperçut Cupidon et Rupture, figés l'un à côté de l'autre. Il plissa les yeux, secouant la tête. "Qu'as-tu mis dans le verre? Ce n'est pas une simple liqueur pour me faire voir deux Cupidon. Un, c'est déjà une plaie. Deux, ça va être une catastrophe de désolation." Et sans crier gare, son regard se voila. Il tomba dans les pommes, face la première.

Mère Noël laissa échapper un grognement qui aurait fait honte à un ours en hibernation. Elle contourna le comptoir, bouscula du bout de sa botte le corps inerte de Pestilence. "Un de plus pour le mur," dit-elle d'une voix dénuée de toute émotion. "Apocalypse, avant qu'un autre de tes frères ne décide de nous faire une syncope, on pourrait peut-être finir ce pour quoi on est là?"

Apocalypse, qui observait la scène avec un amusement morbide, haussa un sourcil. "On commence à manquer de mur, si tu veux mon avis." Malgré ses mots, elle se détourna, son regard balayant le sol jonché de débris. "Bon. Jour 22. Que la chasse aux trésors maudits commence."

Tout en plaçant les morceaux, Folie fit le décompte à sa manière. "Il reste quatre jours et Rébellion n'est toujours pas revenue… donc il manque encore cinq macchabées à ramener des limbes," conclut-elle en pointant nonchalamment la rangée de corps inertes.

La remarque de la Folie fit grincer les dents de Mère Noël. Sous le coup de la frustration, elle forçait sur une pièce qui refusait d'entrer en place. D'un geste sec, elle frappa à poing fermé sur le fragment de bois, qui s'enfonça dans son logement dans un craquement sinistre. "Il en manque six," corrigea-t-elle froidement. Elle pointa du doigt le sac vide posé sur ses genoux, sa voix se brisant sous une colère qui n'était que du chagrin déguisé. "Mon Homme manque toujours à l'appel."

À cet instant précis, la lumière s'éteignit complètement. Seules quelques chandelles survécurent, leurs flammes vacillantes alors que la porte du bar s'entrouvrait juste assez pour laisser filtrer un souffle de vent glacial. Telle une berceuse venue d'un autre monde, le vent se mit à murmurer, portant avec lui les premières notes de l'histoire à venir. Puis, des mains invisibles les saisirent, les maintenant en place, les forçant à écouter alors que le récit commençait.

Désolation et le Couffin Doré

"*N'écoute pas leurs murmures… cette forêt parle… avec la voix des regrets,*" l'avait avertie Raynor, vieux chasseur de la cité, avant de se pétrifier. Tout en lui remettant un couffin doré.

Selon la tradition ancestrale, le fait qu'une fille d'enchanteresse dépose le contenu du récipient sur l'autel situé au-delà des Crocs de Givre permettrait de libérer son village de la malédiction lancée par l'esprit sorcier. Cette opération doit de plus être faite en ce jour de solstice d'été. Désolation prit alors la route, serrant son frère dans ses bras et caressant l'épaule de son père, déjà figé par le sort. Elle sait que cet ensorcellement va s'accroître, qu'elle devra affronter une adversité féroce, mais aussi qu'elle pourrait être transformée en pierre si elle échoue. Elle doit agir rapidement puisque le soleil atteint désormais son zénith et qu'il ne lui reste par conséquent que quelques heures. Elle décolle donc en leur lançant un au revoir, empruntant le sentier qui mène au premier obstacle sur son chemin, la Forêt des Ombres Glacées, lieu plongé dans un hiver éternel.

Elle s'engage alors en douceur sous la voûte de verglas délimitant l'entrée des bois, le froid contraste aussitôt avec le temps chaud de l'extérieur. Les branches cristallisées par le givre renvoient les rayons du soleil en une multitude d'arcs-en-ciel sur ses haillons, les rendant multicolores. Chacun de ses pas, pourtant hésitants, résonne trop bruyamment dans ce lieu figé. Les arbres vibrent légèrement, comme si un vent invisible les traverse, et de leurs ramures tombent des flocons en forme de plumes d'ange. Mais bientôt, les sons changent. Des chuchotements montent du sol, des paroles étouffées, tristes et familières…

"Tu n'y arriveras jamais," murmura une tonalité qui ressemblait à celle de sa mère. *"Laisse-nous dormir."*

Elle est consciente que la forêt joue avec son imagination. Pourtant, les mots la pénètrent.

"Tu n'es qu'une ombre, une fêlure dans le givre…"

Ces mots lui rappellent la dernière fois qu'elle a vu celle qui lui avait donné la vie, la Grande Enchanteresse, entrée dans cette forêt, le jour où elle n'est devenue qu'un souvenir. Désolation approche donc le berceau de sa poitrine, sachant à quel point il est précieux. Elle veut le protéger au maximum de ses capacités. Ses doigts tiennent si fortement les anses qu'ils tremblent d'engourdissement. Ce geste lui apporte tout de même un certain réconfort, elle a foi en elle, elle y parviendra.

Soudain, des formes spectrales émergent d'entre les troncs. Des silhouettes floues, à moitié humaines, à moitié enneigées, aux visages creusés par des siècles de solitude : les Morghivres, esprits des gens qui abandonnent leurs quêtes. Leurs mains cadavériques s'étirent vers elle, attirées par la chaleur momentanée de son souffle.

"Reste avec nous... Ici, plus de douleur," soupirent-ils en chœur, leurs voix pareilles à un blizzard lointain.

Désolation s'efforce laborieusement de se frayer un chemin, mais ses haillons se coincent dans les branches tordues qui l'entourent et elle vacille. Le froid mord ses os, et ses paupières semblent alourdies par des années de fatigue, elle dépose délicatement le panier. Pourquoi ne se permettrait-elle pas de s'allonger un instant ? Juste fermer les yeux…

Le couffin commence alors à trembler, comme si ce qui se trouve à l'intérieur se mettait à bouger. Elle l'attrape, et remarque à ce moment-là une lueur bleutée au loin. Les Crocs de Givre ! Elle y est presque. Son frère, endormi dans leur maison aux volets clos, lui apparaît en pensée. "Je t'attends", lui murmure-t-il avant que le sortilège ne le paralyse.

Elle se redresse, mordant sa lèvre jusqu'au sang pour ne pas céder.

"*Je ne vous appartiens pas,*" lança-t-elle aux Morghivres, sa voix aussi faible qu'une flamme sous la pluie.

Les esprits hurlent, se dissipent en tourbillons de grésil. La forêt entière est prise d'un tremblement, et un chemin se dessine soudain entre les arbres, une route de glace lisse serpentant vers une sortie.

Alors qu'elle approche de la lisière, un grincement rapide résonne. Désolation se fige. Une petite créature bondit d'entre les branches : un Étherynx, lynx spectral au pelage de brume argentée. Ses yeux, deux gemmes violettes, la fixent avec curiosité.

"Tu n'es pas comme les autres de ta race," gronda-t-il, sa voix caverneuse et douce à la fois. *"Tu peux accomplir ton destin, l'heure où tu devras faire un choix arrive, tu es ta plus grande menace."*

Elle n'ose répondre, mais l'animal tourne autour d'elle, laissant des empreintes luisantes.

"Suis les étoiles... Elles sauront te guider vers les monts. Mais méfie-toi des Crocs de Givre, ils mordent les personnes imprudentes."

L'Étherynx s'évapore en une volute de neige avant même qu'elle ne puisse le remercier.

En sortant de la forêt, Désolation aperçoit enfin, au loin, les sommets déchiquetés des Crocs de Givre. Les montagnes paraissent découper le ciel, leurs flancs striés de bleu et d'argent. Elle voit également le soleil qui commence à disparaître à l'horizon. Le panier donne l'impression d'émettre de légers gémissements. Ses guenilles flottent dans le vent, et elle ressent un tournis en contemplant les pics qui semblent hors de portée. Personne depuis les temps anciens n'a réussi un tel exploit, à ce qu'elle sache. Elle décide donc de se permettre une pause afin de dénicher le courage nécessaire au fond d'elle. Après de longues minutes, elle se relève et avance plus déterminée que jamais.

Au pied du mur de roc se dressant devant elle se trouve un joli lac d'une clarté des plus pures. Elle dépose délicatement le couffin à côté d'elle, s'agenouille et verse son contenu dans l'eau. Elle est consciente qu'en faisant cela, elle condamne sa nation, ses proches à un silence permanent, mais elle était au bout de ses forces. Elle essuie immédiatement une larme qui coule sur sa joue, avant de s'évanouir d'épuisement près du panier.

Auteur : Steve Lacharité

Suite —

Cela faisait bientôt une heure que l'histoire de Désolation s'était tue. Le vent avait pris la fuite en claquant la porte, et la lumière était revenue à la normale. Cependant, les personnages du bar n'avaient toujours pas retrouvé leur mobilité.

Cocotte, lui, se battait de toutes ses forces. Semi-Paralysé sur son tabouret, il donnait sans arrêt de petits coups de tête pour tenter de se rapprocher de son verre, utilisant même ses longues oreilles comme des bras, juste trop courts pour conserver la paille entre ses lèvres.

Kerrak commençait à en avoir assez d'être coincé. Il ne pourrait pas dire si le plus irritant était le fait de ne pas pouvoir bouger, ou celui d'être forcé de regarder sans fin le lapin se démener dans un bruit infernal juste pour prendre une gorgée de bière.

"T'es pas chanceux," répliqua Cocotte. "Tantôt on t'a volé ton verre, on t'en a redemandé un, et là t'es coincé à le regarder sans pouvoir le prendre."

"Qui manque à l'appel," demanda Joseph, curieux… "Mère Noël a parlé de six personnes, je crois."

"Il manque le père Noël qui n'est pas revenu, Rébellion, la toute dernière histoire était Désolation."

"Et quelles sont les prochaines histoires?"

Mère Noël répliqua… "Pour les journées à venir, faudrait savoir qui il manque."

Soudain, un bruit de métal qui racle le sol les fit sursauter. Le son venait de l'entrée. La porte du bar, qui avait été claquée par le vent, s'ouvrit lentement. Sur le seuil se tenait Rébellion. Elle n'était pas inconsciente. Elle était debout, fière, bien que son armure soit couverte d'égratignures et de suie. Elle tenait dans sa main une bague qui brillait d'une faible lueur.

"Sa mission..." murmura Apocalypse, sa voix figée à peine audible. "Elle l'a terminée."

Cupidon avait eu raison. La volonté de Rébellion avait été assez forte pour "contourner les lois". Elle n'était pas revenue comme une victime, mais comme une conquérante.

Rébellion balaya la scène du regard, les personnages paralysés, Cocotte se débattant, Chaos K.O. parmi tant d'autres, Lolo en bouteille... Son expression passa de la confusion à la surprise. Elle sortit de ses poches une petite statue de porcelaine, c'était Désolation coincée dans une forme décorative... Quelle était l'histoire derrière ce retour?

Avant que quiconque ne puisse poser la moindre question, la mission de Rébellion sembla véritablement terminée. Sa volonté, qui l'avait soutenue jusqu'à présent, s'éteignit d'un coup. Ses yeux se révulsèrent, son corps se ramollit, et elle s'effondra sur le sol. En même temps, la pression invisible qui les retenait prisonniers disparut aussi vite qu'elle était apparue. Désolation roula sur le plancher et se brisa en quelques gros morceaux.

(Trouvez le Jour 23 dans le calendrier et allez à la page indiquée)

Jour 4

Les dernières heures s'étaient écoulées dans un effort acharné à trier les morceaux, préparant les autres cases tout en cherchant une languette manquante.

Ce fut Cocotte, une fois de plus, qui rompit l'étrange silence. Il s'approcha prudemment de la flaque, y trempa une patte, la retira aussitôt et la secoua. "On dirait une télé aquatique, murmura-t-il. Mais l'image est un peu floue. Et puis, ça mouille."

"Assez de sottises! On ne peut rien faire pour elle pour l'instant," trancha Mère Noël en se relevant, les mains sur les hanches. Son pragmatisme reprenait le dessus. "Chaque minute que nous passons à la regarder est une minute de perdue. Il nous reste vingt-deux personnes à sauver. Au travail!"

Apocalypse, qui s'était accroupie pour observer la sorcière prisonnière, se frotta le menton. "C'est quand même étrange. Le calendrier ne s'est jamais manifesté comme ça. De quoi devenir folle. C'est peut-être à cause de..." Elle n'osa pas finir sa phrase, songeant à la poupée vaudou qu'elle cherchait toujours.

Gaïa posa une main apaisante sur l'épaule de Mère Noël. "Elle a raison. Nous devons continuer. Chaque case assemblée est un pas de plus vers la solution."

Mère Noël observa Apocalypse, qui semblait chercher tout sauf les pièces de bois, puis son regard se posa sur Gaïa, qui semblait connectée au calendrier d'une façon qu'elle n'arrivait pas à s'expliquer. Plus elle réfléchissait, et plus il semblait y avoir quelque chose qui clochait.

Soudain, Cocotte s'assit à côté d'elle, un shot entre les mains. "Franchement, vous n'êtes pas marrante. Pour la reine du bonheur, on s'emmerde grave avec vous!"

Et plus elle le regardait déblatérer sans vraiment l'écouter, plus son attention se posa sur sa petite bouche avec ses deux longues dents. "Qu'est-ce que tu as là?"

Sans attendre la réponse, sa main plongea vers son visage, lui extirpant le petit bâton qu'il avait dans la bouche.

"Hé ho! C'est mon cure-dent, ça!"

"Ce n'est pas un cure-dent, mon bonhomme… c'est la pièce que l'on cherche depuis je ne sais plus combien de temps et que tu es en train de mâchouiller. Sombre idiot! J'espère que tu ne l'as pas trop abîmée," grommela-t-elle en la plaçant sur le coin fendu.

Aussitôt, la flaque d'eau au sol se mit à bouillonner, son tumulte couvrant la mélodie du mécanisme. L'image de Liraël disparut, engloutie par une brume épaisse qui s'éleva avec une vitesse surprenante.

Prenant tout le monde par surprise, cette nappe de brouillard monta jusqu'à la hauteur des tables. De son cœur vaporeux émergea une nouvelle histoire, projetée directement au plafond, accompagnée du bruit d'une bobine de vieux film de projecteur qui tourne en boucle. La pellicule, arrivée à sa fin, se détacha de son axe et claqua sans relâche contre la languette métallique, dans un rythme sec et répétitif, comme un souffle mécanique devenu fou, battant la cadence d'un monde qui se défaisait. Les lumières se mirent à clignoter au rythme haletant de la bobine fantôme, comme si le monde lui-même battait des paupières dans une crise de démence.

Elle Est Venue Avec la Brume

Dans une petite ville de campagne de moins de sept cents âmes, tout le monde sait tout sur tout le monde. Ou du moins, c'est ce que chacun aime croire. Mais parfois, l'air même semble changer. L'atmosphère s'épaissit. Et les silences deviennent plus lourds que les mots.

L'arrivée d'une inconnue troubla vite cette fragile harmonie. Elle s'installa dans l'ancienne maison des Delombre, à l'orée du bois. Une bâtisse de pierre grise, recouverte de lierre, abandonnée depuis des années. Personne ne l'avait vue emménager. Un matin, la fumée montait simplement de la cheminée, comme si la maison elle-même s'était réveillée.

Les jours passèrent. Puis les semaines. Personne ne la voyait, sauf peut-être le facteur, et encore — il jurait que ses lettres disparaissaient avant même qu'il ne les dépose. Elle ne venait jamais au marché, ni à l'église. Pas un mot. Pas un regard. Et pourtant, on sentait sa présence. Comme un souffle dans le cou.

Alors les rumeurs s'allumèrent comme des feux de paille. On la disait veuve d'un mage, descendante d'une lignée de possédées, ou même incarnation d'une entité plus ancienne. Elle devint, pour tous, *la sorcière*.

Un soir d'automne, alors que l'herboristerie s'apprêtait à fermer, la clochette tinta doucement. Je me souviens encore de l'odeur dans la pièce : lavande, sauge, et une touche de sang séché.

Elle entra.

Petite, fine, entièrement vêtue d'une robe noire. Le capuchon dissimulait son visage, ne laissant entrevoir que l'ombre de ses yeux. Mais quand elle leva la tête, mes jambes fléchirent.

Ses yeux… ils étaient noirs. Pas simplement sombres : *vides*. Comme deux trous béants dans le monde. Elle n'était pas jeune, ni vieille. Elle était *autre*. Hors du temps.

J'ai besoin de belladone, dit-elle d'une voix douce mais tranchante, comme un rasoir plongé dans du miel.

Je n'ai pas bougé. Elle a tendu la main. Longue. Blafarde. Et j'ai obéi.

À partir de ce soir-là, tout a basculé.

Les rêves vinrent d'abord. Des bois mouvants. Des corps qui rient et pleurent en même temps. Une langue que je comprenais sans l'avoir apprise. Et elle, au centre, dans sa robe chatoyante, qui dansait entre les arbres. Sa robe changeait de couleur selon mes émotions, comme si elle se nourrissait de moi.

Puis les visions.

Je la voyais partout. Dans les vitres. Les reflets de l'eau. Les yeux des animaux. Elle ne disait rien. Elle *était là*. Son visage changeait constamment. Parfois, c'était celui de ma mère. Parfois, celui d'un monstre. Parfois, le mien.

Je tentais de l'ignorer. Mais le village, lui, changeait aussi.

Les gens devenaient… étranges. Les conversations se répétaient, en boucle. Certains restaient figés dans la rue, comme des statues oubliées. L'instituteur fut retrouvé un matin en train de réciter l'alphabet à l'envers, les yeux crevés. La boulangère parlait à son pain. Et le prêtre… le prêtre brûla l'église en hurlant qu'il fallait "purifier les miroirs".

Moi, je tenais un carnet. J'y notais tout ce que je voyais, tout ce que j'entendais. Pour ne pas oublier. Pour ne pas sombrer. Mais chaque matin, les pages étaient vides. Je suis retourné la voir, je devais comprendre.

Sa porte était entrouverte.

Elle était là, assise sur un fauteuil ancien, entourée de bougies éteintes. Sa robe semblait respirer, comme si elle était vivante. Son visage passait d'un état à l'autre : tristesse, extase, horreur, plaisir, vide… Et dans ses yeux, je vis enfin ce qu'elle était.

Elle n'était pas une femme. Elle était La Folie.

Pas une idée. Pas une maladie. Mais une entité, une conscience.

Une silhouette floue, changeante, un vêtement fait de nos mensonges, de nos peurs, de nos désirs tordus. Elle n'était pas venue nous détruire. Elle était toujours là. En nous. Elle avait simplement choisi de se montrer.

Ce soir-là, je me suis mis à genoux devant elle. Le sol était tiède, presque vivant. Sa maison semblait respirer, chaque mur pulsait lentement, comme une cage thoracique trop étroite. J'avais le sentiment d'être entré dans quelque chose… ou que quelque chose était entré en moi.

La Folie me regardait avec douceur. Oui, douceur. Comme une mère retrouve un enfant longtemps perdu. Ou un maître, son disciple. Ce n'est pas la raison qui sauve, murmura-t-elle. C'est l'abandon.

Elle tendit la main. Sa paume était fine, parcourue de lignes étranges, presque des glyphes. J'y posai la mienne. Une chaleur m'envahit, accompagnée d'images ou de souvenirs, qui ne m'appartenaient pas.

Des femmes aux yeux noirs, dans des déserts sans fin. Des hommes qui dansaient nus sous la lune en dévorant des livres. Des villes englouties par le silence. Et partout, son rire. Léger. Immense. Inévitable.

Elle me fit asseoir. Autour de nous, la pièce se transformait lentement. Les murs suintaient une matière nacrée. Les meubles s'étiolaient, se tordaient comme s'ils rêvaient d'être autre chose. Les flammes des bougies se levaient à l'envers.

Les règles sont des prisons, dit-elle en versant un liquide violet dans une coupe. Bois. Je bus. Le goût était celui du souvenir d'un baiser. L'arrière-goût, celui d'un enterrement. Tout vacilla. Et je la vis. Pas elle comme avant. Pas la robe noire. Pas les yeux vides. Je la vis telle qu'elle est.

Une infinité d'êtres entremêlés. Des bouches qui rient, des ventres qui pleurent, des yeux dans les paumes, des langues qui parlent des langues disparues. Une forme primordiale, fractale, à la fois immense et intime. Elle n'était pas dans la pièce mais la pièce était en elle. Le village était en elle. Moi aussi.

Ils résistent encore, murmura-t-elle. Mais ils viendront. Et ils vinrent. Pas avec des fourches. Pas avec des prières. Non. Ils vinrent en silence.

Un à un, guidés par une force qu'ils ne comprenaient pas. Le maire. L'institutrice. Le boucher. Même les enfants, les yeux ouverts mais absents. Tous marchaient comme dans un rêve. Leurs vêtements tombaient en lambeaux, leur peau brillait sous la lune.

Elle les accueillit comme une amante retrouve ses fidèles. Et ils dansèrent une danse ancienne.

Je me tenais là, au centre, spectateur et acteur.

Et je compris :

La Folie n'était pas une malédiction. Elle était une libération.

Elle s'assit sur une balançoire rouillée… qui se décrocha soudainement et tomba dans un abîme.

Et dans sa chute, elle rit encore.

Auteure : Julie Bourgeois

Suite —

Le rire de la Folie sembla s'éteindre en même temps que la projection au plafond. Le claquement frénétique de la bobine cessa aussi brusquement qu'il avait commencé, plongeant le bar dans un silence assourdissant, uniquement troublé par le clignotement erratique des dernières lumières qui rendaient l'âme.

La brume au sol, qui avait servi d'écran, se retira en volutes paresseuses. Mais au lieu de révéler la flaque d'eau vide, elle dévoila une silhouette recroquevillée. C'était Liraël, la sorcière du jour précédent, détrempée et inconsciente, gisant en position fœtale sur le plancher du bar. Sa prison liquide l'avait finalement recrachée.

Mère Noël fut la première à réagir secoua la tête comme pour chasser une mauvaise migraine, contournant la table pour s'agenouiller près d'elle. Elle lui tapota doucement la joue. "Elle respire," annonça-t-elle avec un soulagement mêlé d'inquiétude.

Gaïa ferma les yeux un instant, visiblement ébranlée par la force de l'entité qu'ils venaient de voir, et Apocalypse laissa échapper un souffle qu'elle ne savait même pas retenir.

Seul Cocotte semblait avoir déjà oublié. Il se pourléchait les babines, l'air de se demander s'il restait de la bière. "Eh bien… c'était joyeux," dit-il finalement, brisant le silence. "Une entité qui est la Folie elle-même? Ça me rappelle vaguement ma belle-mère."

Mère Noël fronça les sourcils en regardant autour d'elle. "Mais… personne n'est apparu. Le personnage de l'histoire est censé revenir, non?"

"La Folie n'est pas un personnage que l'on peut invoquer," dit Gaïa d'une voix encore faible. "C'est une force pure. Peut-être que le calendrier a simplement libéré…"

Elle fut interrompue par un grincement de porte. Tous les regards se tournèrent vers l'entrée.

La Faucheuse débarque au Bar Céleste, grelot de Noël accroché à sa faux et un énorme colis cubique, couvert de papier cadeau rouge et noir, traîné derrière elle sur une luge grinçante. "Bonjour, ici Express RIP, je vous apporte un colis…"

Cocotte écarquille les yeux. "Qu'est-ce que tu fais là? Tu t'es trouvé une nouvelle job?"

"Ah, parle-m'en pas… J'ai commencé à sortir avec la Fée des dents, et j'en arrache depuis…"

"Comment ça, t'en arraches? Tu fais sa job?"

"Non… mais c'est une vraie princesse, avec les couronnes et tout…"

Cocotte claque la langue. "À molaire difficile!"

La Faucheuse tire le paquet jusqu'au comptoir, essoufflée. "En tout cas, voici votre colis. Ça vient de Lucifer, il l'envoie à Apocalypse. On dit qu'il avait la rage aux dents…"

Apocalypse fronce les sourcils. "La rage aux dents? Pourquoi?"

La Faucheuse hausse les épaules. "Une histoire d'humain à moitié mort qui ne voulait pas brûler. Paraît qu'il était tellement gelé qu'il a réussi à faire chuter la température des Enfers…"

Cocotte tapote le paquet. Un bruit sourd se fait entendre, comme si quelque chose de dur résonnait sous le papier cadeau. "Heu… il est pas un peu lourd, ton colis?"

La Faucheuse marmonne. "Ouais… j'me suis dit que c'était un congélateur de luxe ou un bloc de glace décoratif pour l'arbre de Noël infernal… J'ai pas posé de question."

Apocalypse se penche, déchire un coin du papier… Une mèche de cheveux humains gelés dépasse, avec un souffle givré qui s'échappe.

Le silence tombe. Puis Cocotte lâche : "Ben là… c'est pas un cadeau, c'est Joseph en glaçon!"

La Faucheuse, elle, jeta un œil blasé au contenu du paquet, puis sortit un petit terminal électronique de sous sa robe. "Bon, que ce soit un congélateur ou un glaçon géant, pour moi, la course est finie," dit-elle d'un ton monocorde. "Le protocole "Express RIP" stipule que la livraison est considérée comme effectuée. Qui signe?"

Elle tendit le terminal vers Mère Noël, qui la regarda sans comprendre, encore sous le choc.

La Faucheuse soupira, impatiente. "Écoutez, j'ai pas toute l'éternité. Je dois retourner au dépôt." Elle fit un pas en arrière en attrapant sa luge vide, puis s'arrêta et frissonna de manière théâtrale. "Franchement, voir quelqu'un d'aussi frigorifié, ça me fait claquer des dents. Et croyez-moi, des histoires de dents, j'en ai ma claque en ce moment."

Sur cette dernière plainte, elle tourna les talons et disparut dans un courant d'air glacial, laissant le groupe seul face à son colis… et à son très, très froid problème.

(Trouvez le Jour 5 dans le calendrier et allez à la page indiquée)

Jour 15

"Quel est le souci, cette fois?" demanda Apocalypse en ramassant prudemment les dents sur le plancher, tandis que Chaos et la Folie traînaient sans ménagement le corps de Destruction jusqu'au mur des évanouis.

"Ces dents ne sont pas de ce monde!" expliqua Mère Noël, sa voix pressée. "Il faut vite ouvrir un portail, d'une façon ou d'une autre, pour les renvoyer d'où elles viennent avant que la situation ne s'envenime."

"On ne peut pas simplement les balayer sous le tapis?" demanda Cocotte tout en jouant avec la poupée Joseph.

"Non!" répliqua simplement la dame en rouge, son ton brutal ne laissant place à aucune discussion.

Apocalypse laissa échapper un rire sec et sans joie. "Que pourrait-il bien nous arriver de pire? On est enterrés je ne sais où, les trois quarts de ce monde sont inertes et les mauvaises nouvelles n'arrêtent pas de surgir. J'aime les catastrophes, mais celles que je contrôle."

Pendant ce temps, Chaos s'était enfin assis, une bière à la main. Son attention fut attirée par la Folie, qui lui donnait de petits coups de coude en pointant le comptoir du menton. Il suivit son regard vers le vrai Joseph qui tentait de boire lui aussi, et un sourire bien estampé se dessina sous son nez. Cependant, à chaque fois qu'il approchait le bock de ses lèvres, son bras partait dans la direction opposée. Ce petit manège dura une bonne vingtaine de minutes avant qu'il n'abandonne et ne dépose, dans un soupir, son breuvage sur le comptoir, exaspéré.

Chaos murmura à l'oreille de la Folie : "Tu crois qu'il va comprendre un jour?"

"Il a vécu si longtemps dans cet état de perte de contrôle qu'il ne doit même plus chercher à comprendre."

Gaïa plaça la dernière pièce.

La réaction fut instantanée et violente. Gaïa fut prise d'une convulsion, son corps entier se raidissant comme si elle venait de mettre les deux mains sur un câble à haute tension. Ses yeux se révulsèrent, son visage se tordit dans un rictus de douleur, évoquant une crise cardiaque.

"Aidez-moi!" hurla Mère Noël.

Apocalypse accourut et s'agrippa aux phalanges de Gaïa, tentant de les arracher du calendrier, mais sa poigne était comme du fer.

Un bourdonnement grave et menaçant commença à se faire entendre.

"Vite, vite, il faut la libérer!" s'écria Mère Noël. Apocalypse réussit enfin à dégager un doigt.

Assis sur le coin du bar, un bol à la main, Cocotte continuait de manger des cacahuètes. Il murmura à la poupée : "Tu paries combien qu'ils n'y arriveront pas?"

Au même moment, le vrai Joseph reprit son verre et put enfin prendre une gorgée de son élixir.

"Laissez-moi passer!" ordonna Chaos. Il ramassa Gaïa de sa chaise et tenta de la tirer hors de portée, tandis que les autres se battaient toujours contre sa prise tenace.

Au moment exact où ils la libérèrent enfin, Mère Nature ouvrit la bouche et un nuage d'insectes en ressortit, balayant le plafond tel un rideau sombre. Le calendrier retomba sur la table, heurtant les morceaux restants qui volèrent de part et d'autre. Une lumière jaillit de la case, tel un halo de lune dans la nuit, dans le voile au plafond.

Mère Noël s'écria : "Vite, vite, Apocalypse, lance les dents dans les insectes!"

Celle-ci s'exécuta sans questionner. Les dents disparurent, emportées par le bruit des ailes, laissant place à l'histoire projetée de la journée.

Lolo et Son Balai

Dans sa maison, assise sur sa causeuse, Louise, surnommée Lolo la Naine, passe de longues heures à réfléchir. Cette vieille dame a atteint l'âge vénérable de 109 ans et elle est presque en parfaite santé. Certes, elle marche avec une canne en bois sculptée, cependant, elle consulte rarement un médecin et ne prend aucun médicament. Un miracle de la nature !

De petite taille, comme une enfant, elle gambade dans son quartier tous les matins. Espiègle, ses yeux brillent de joie tout le temps. Elle utilise les balançoires publiques des parcs municipaux. Elle ne se soucie pas du regard des autres. Elle ne cache pas non plus son physique, ses cheveux gris éparpillés en mèches désordonnées, son visage ridé, et ce, peu importe les commentaires désobligeants de ceux qui la regardent. Toujours habillée d'un manteau coloré en laine simple, elle est très reconnaissable. Rares sont les personnes qui lui adressent la parole. Le voisinage la craint. Ils pensent qu'elle est méchante. Tous, hormis les enfants qu'elle adore. Juste avec un regard, un sourire, elle donne de la joie à ses semblables de petites tailles.

"Bianca, ma chérie, ne regarde pas cette étrange femme."

"Mais, pourquoi maman ? Elle est très gentille, c'est mon amie."

"Non, ma chouette, il faut toujours se méfier des adultes inconnus, et encore plus… Enfin, elle ne m'inspire pas confiance. Elle, enfin…"

La mère de Bianca n'ose pas dire à sa fille de six ans qu'elle croit qu'elle sort d'un hôpital psychiatrique et qu'elle fera assurément mal à sa fille, ce qui est totalement faux d'ailleurs. Bien qu'il soit vrai que la dame a des comportements plutôt étranges, elle est très intelligente et sensible.

C'est qu'elle chevauche un balai tout le temps. En réalité, elle possède le pouvoir de voler, faire des tours de magie, disparaître et réapparaître à un endroit ou un autre. Et ça, personne n'en a conscience. Pas un seul adulte en tout cas. Même pas les enfants de 5 ans et plus. Les seuls qui ressentent la vérité sont les bébés et les jeunes enfants.

Ainsi, Lolo se retrouve au parc et un jeune bébé de 13 mois dort dans sa poussette. Avec une formule magique qu'elle récite dans sa tête, elle souhaite se téléporter au dépanneur pour aller s'acheter des bonbons et du chocolat. Sa façon de procéder est très efficace. C'est qu'elle se dédouble, son corps reste sur place, mais son esprit voyage. Par conséquent, elle se retrouve à deux endroits en même temps sans que personne ne s'en rende compte. Enfin, presque personne… Bébé Léa, dans sa poussette, se réveille en sursaut et sent une étrange vibration. Elle n'a pas peur, elle ne pleure pas, au contraire, c'est le confort absolu pour elle. Elle sait que ce n'est pas dangereux ! Lolo la Naine ne sait pas que Poupon Léa possède aussi des pouvoirs de sorcière. Et elle compte bien jouer un tour à la centenaire.

En effet, au lieu de se téléporter au dépanneur, son corps se téléporte à la garderie que Léa fréquente. Elle ne comprend pas pourquoi elle est entourée d'enfants qui jouent. Estomaquées, les éducatrices sursautent de surprise.

"Mais, que faites-vous là ?"

"Je, je me suis trompée d'endroit. Je suis désolée."

"Comment êtes-vous rentrée ici ? Je vous demande de sortir immédiatement et sans faire de mal aux enfants, s'énerve la jeune travailleuse en garderie paniquée."

"Vous n'avez pas à avoir peur de moi, je suis une centenaire gentille."

"Vous faites peur avec votre balai, on dirait une arme."

"Mais non, et de toute façon, je m'en vais, je suis vraiment désolée !"

Lolo la Naine, le cœur gros, quitte la garderie le plus rapidement possible. C'est la goutte d'eau qui fait déborder le vase. Tannée de se faire rejeter, elle cherche une solution. Elle se dit que c'est son balai le problème. Mais, c'est par là que sa magie fonctionne. Elle sait qu'elle peut s'en débarrasser, mais c'est toutefois une opération délicate. Elle risque même la mort ! Mais, elle se sent prête à prendre le risque. À 109 ans, personne n'est éternel, raisonne-t-elle.

Après une grande inspiration, elle lance son balai en pleine rue. Les voitures écrasent l'objet et, aussitôt, elle ressent un genre de malaise dans son corps. Non, son heure n'est pas venue, au contraire, elle ne sait pas comment l'expliquer, mais c'est un sentiment de grande libération qu'elle ressent. Elle redevient jeune, adolescente. Tout à coup, sa chevelure se transforme en couleur blonde et soyeuse et son visage sans ride. Sa vivacité est revenue et elle court sans aucune retenue, profitant du fait qu'elle n'a plus besoin de sa canne.

Elle est tellement heureuse et se dit qu'avoir su, elle aurait procédé à la destruction de son balai bien avant. Le cœur léger, se croyant libérée de tout malheur, elle chante en se dirigeant à pied au dépanneur. Son envie de sucre ne s'est pas volatilisée. Mais, voilà qu'elle est tout à coup de nouveau téléportée pour son plus grand malheur. Elle chute dans un marais infesté de moustiques et disparaît sous l'eau stagnante…

"Bonne fête Mamans!"

Auteur : Joseph Abboud

Suite —

Le voile d'insectes au plafond se désagrégea en une fine poussière qui retomba silencieusement. Le bar était calme.

"Et voilà," souffla Apocalypse, sa voix lasse. "Toujours rien."

Joseph, qui s'était enfin servi une nouvelle tournée de glaçons, prit une bouteille de tequila carrée sur l'étagère. Il l'inclina pour se verser un verre, mais s'arrêta, plissant les yeux. "Je crois que tout dans ce bar est en train de pourrir," marmonna-t-il. "Même le ver dans la tequila a une drôle d'allure… Attendez… mais il bouge! C'est dégueux! Et dire que j'allais m'en verser un verre…"

Il reposa la bouteille, dégoûté. Puis, il balaya la pièce du regard. "Au fait, c'est open-bar, hein? J'espère qu'on ne paie pas nos consommations, parce que je suis paumé jusqu'à l'os." Il agita son bras squelettique pour appuyer son propos.

Intriguée, Apocalypse s'approcha et se pencha sur la bouteille. À l'intérieur, une silhouette se débattait. Pas un ver, mais une vieille femme, grande comme la moitié de la bouteille, ses jambes flottant dans la tequila. Apocalypse plissa les yeux, puis son expression changea. "Je n'y crois pas… Lolo?"

Mère Noël la rejoignit, son visage, un masque d'horreur et de pitié. "C'est bien elle… Piégée. Encore!"

Cocotte, qui avait sauté sur le comptoir pour mieux voir, pencha la tête. "Aïe… a-t-elle toujours été aussi ridée? Ou c'est le fait de baigner dans son jus qui la rend pire qu'un pruneau sec?"

"Il faut la sortir de là!" trancha Mère Noël. Elle saisit la bouteille et tenta de la faire sortir en la secouant, mais Lolo était complètement coincée.

"Poussez-vous." La voix de Chaos était dénuée de patience. Il prit la bouteille des mains de Mère Noël. "Problème simple, solution simple."

Sans autre forme de procès, il leva la bouteille et l'abattit d'un coup sec contre le rebord du comptoir sous le regard horrifié de tous. Mais la bouteille, enchantée, ne se brisa pas. Elle rebondit avec une force surprenante, le percutant en plein front avant de retomber intacte sur le sol. Chaos, les yeux révulsés, la suivit de près, s'effondrant comme une masse et s'assommant lui-même.

La Folie éclata de rire. "Oh, ça, c'est encore mieux que la vieille en bocal!"

Apocalypse soupira, se massant les tempes. "Parfait. Maintenant, on a une sorcière en bouteille, un dieu du chaos K.O., et toujours pas de solution."

(Trouvez le Jour 16 dans le calendrier et allez à la page indiquée)

Jour 24

Le silence n'avait jamais été une option. Le réveil brutal de la quasi-totalité des occupants du bar avait transformé la torpeur ambiante en une cacophonie de reproches et de peur. Le Bar Céleste n'était plus une prison silencieuse; c'était une cocotte-minute sur le point d'exploser.

"Assez! On en a assez!" La voix de Kerrak, rauque de traumatisme, tonna au-dessus du brouhaha. Il se planta devant Mère Noël, le visage tordu par une colère longtemps contenue. "On ne peut plus continuer comme ça! Renvoyez-la!" son doigt tremblant pointa Gaïa, qui recula comme si elle avait été frappée. "Elle et ce maudit lapin! C'est leur présence qui a tout déclenché!"

Chaos, s'appuyant sur le comptoir, approuva d'un hochement de tête las. "Il a raison. Chaque jour amène une nouvelle horreur. Il faut vraiment trouver une solution, maintenant!"

De l'autre côté de la pièce, une rage différente, plus froide et plus personnelle, émanait de Malédiction. Elle n'était plus en larmes. Ses yeux brûlaient d'une fureur glaciale. "Me forcer à revivre ça… à *ressentir* ça…" siffla-t-elle, s'adressant moins aux autres qu'au calendrier lui-même. "C'est une insulte. Une humiliation. Pour cette offense, je devrais vous réduire en cendres!"

Pendant ce temps, Joseph contournait lentement le groupe, ses pas claudicants et grinçants attirant l'attention. Il ne s'arrêta pas devant Gaïa, mais devant Apocalypse. Son bras osseux se leva, pointant non pas une accusation, mais un jugement. "Toi," sa voix était un murmure de lames de rasoir. "Ce cauchemar… cette glace… cette poupée… C'est ton œuvre. Tu m'as condamné."

Mort, assis à l'écart, observait la scène avec un intérêt professionnel, un léger sourire flottant sur ses lèvres. À côté de lui, la Folie gloussait, se délectant du spectacle. "Oh oui! Criez! Pleurez! C'est tellement plus amusant quand les jouets sont cassés!"

C'est cette tension palpable qui servit de catalyseur à la bombe à retardement qu'étaient Cupidon et Rupture.

"Ils souffrent! Ils ont besoin d'espoir, pas de conflit!" plaida Cupidon, une lueur rose émanant de ses mains.

"L'espoir?" cracha Rupture en lui faisant face. "La souffrance, c'est le carburant! Leur désespoir est la seule chose authentique dans ce trou! Toi et tes illusions, vous n'êtes que ma faiblesse!"

"Et toi, tu n'es que ma peur!" rétorqua Cupidon.

Le visage de Rupture se durcit, sa voix tombant dans un grondement bas et dangereux. "Alors l'un de nous est de trop. Il ne peut y avoir de place pour nous deux ici."

Sur ces mots, ils se jetèrent l'un sur l'autre. Ce ne fut pas une simple bagarre, mais un choc d'énergies pures. Dans un éclair aveuglant de lumière violet et noir, leurs deux formes se superposèrent. Un unique hurlement, mélange de leurs deux voix, déchira l'air. Les deux silhouettes fusionnèrent dans une implosion d'énergie qui projeta une onde de choc, faisant taire instantanément toutes les autres disputes. Au sol, il n'y avait plus qu'un seul être, recroquevillé, qui reprit lentement sa forme originelle : Cupidon, seul, mais secoué de spasmes.

Le silence stupéfait qui suivit fut plus lourd que n'importe quel cri.

Et c'est dans ce silence que la voix de Gaïa s'éleva. Un grondement sourd, venu des profondeurs de la terre.

"ASSEZ!"

Pour la première fois, elle était en colère. Et sa colère était terrifiante.

Des racines épaisses et noueuses, hérissées d'épines, jaillirent du plancher avec la violence d'une explosion. Elles s'enroulèrent autour des chevilles et des poignets de chaque personne dans la pièce, se refermèrent sur elles comme des menottes vivantes, les immobilisant sur place. Le bar entier gémit sous l'emprise de la nature déchaînée.

"Vous vous déchirez… vous accusez…" Sa voix tremblait de fureur et de chagrin. "Avez-vous oublié que nous sommes tous prisonniers? Que chaque minute passée à hurler les uns sur les autres est une minute de plus passée dans cette tombe?"

Son explosion de puissance fit réagir le calendrier. L'artefact émit un craquement sinistre, osseux, qui menaça de briser chaque jointure de son cadre. Le son s'éteignit, laissant un silence encore plus angoissant.

Ce fut au tour de l'horloge d'émettre un son de colère. Ses aiguilles se mirent à tourner frénétiquement en sens inverse, de plus en plus vite, jusqu'à se décoller du mur dans un bruit de bois arraché. Le corps de l'horloge gonfla, comme une cage thoracique prenant une dernière, immense inspiration. L'artefact vola en mille éclats, dévoilant ses entrailles mécaniques. Le mécanisme tourbillonna sur lui-même, s'élargissant comme une galaxie de laiton et de rouages, prenant de plus en plus d'espace avant de disparaître dans une implosion de lumière silencieuse.

À sa place, un portail s'ouvrit. Un trou noir qui n'aspirait rien physiquement, mais qui dévorait la lumière, créant une zone de vide absolu au centre de la pièce. Une force d'aspiration terrible, non pas physique mais psychique, émana du vortex, faisant craindre à chaque client d'être effacé à tout jamais. Tous se recroquevillèrent, retenant leur souffle, luttant pour ne pas être anéantis.

Puis, l'histoire émergea du néant. Ce ne fut pas une projection, mais une tempête visuelle qui s'empara de l'esprit de tout et chacun, le néant devenant l'écran, leur conscience, le théâtre.

Il ne Peux y Avoir de Place pour Deux

Enterré ouvrit les yeux. Une lumière pâle filtrait à travers le dôme de verre craquelé au-dessus de lui. La neige tombait en flocons noirs sur les ruines du monde. Ses doigts effleurèrent la surface stérile du sol. Il se releva lentement, avec la sensation d'être dans le brouillard. Il ramassa une lanterne qui semblait abandonnée depuis longtemps. Sa lumière blafarde n'éclairait pas beaucoup, mais elle lui donnait au moins l'impression d'avoir un guide pour avancer dans cette noirceur.

Enterré tentait d'éclaircir ses idées. Aujourd'hui, c'était Noël. Qu'est-ce que cela pouvait encore signifier pour lui? Il avançait sans faire de bruit dans ce qui ressemblait à une nuit éternelle, son long manteau lacéré battant au rythme d'un vent chargé de cendres. Chaque pas qu'il faisait écrasait le squelette glacé d'un Noël oublié.

Enterré n'était pas un homme comme les autres. Il avait un frère jumeau, forgé pour arracher les âmes, alors que lui était né pour en dissimuler les conséquences : pour ensevelir, pour effacer. Jumeaux maudits, liés par un pacte silencieux, disait-on. Mais ce duo n'était plus. Enterré était seul, depuis qu'il l'avait rencontrée elle. Ça avait été à la fois le plus merveilleux et le plus horrible moment : il ne pouvait avoir à ses côtés Elle et son frère en même temps. Il avait fallu faire un choix, déchirant. Tous deux avaient disparu depuis longtemps, ou peut-être n'avaient-ils jamais réellement existé. Parfois, dans les tourbillons d'ombres, Enterré croyait en apercevoir l'un des deux : un reflet difforme, un murmure dans le vent.

Au loin, des ruines surgirent de la brume, c'était la Chapelle du Dernier Souffle. Ses souvenirs revenant en un flot intarissable dans son esprit, Enterré s'engagea dans cette direction sans hésiter. Il marchait de plus en plus vite. À chaque pas, le sol vibrait sous lui, comme s'il réveillait quelque chose d'enfoui.

La Chapelle semblait… intacte mais différente. Il franchit les portes éventrées. À l'intérieur, des bancs renversés, un autel brisé, et… une sorte de monolithe noir, sur lequel étaient gravés des symboles.

Il posa une main sur le dessus.

Un souffle.

Une vibration.

Une sensation qui lui broya l'intérieur du corps. Quelqu'un l'attendait.

Enterré chercha sa respiration, tentant d'endiguer le flot de ses pensées. Ça faisait trop mal. Mais c'était trop tard, quelque chose s'était éveillé en lui.

Sous ses pieds, la terre exhalait une fumée noire, comme si le monde lui-même expirait tout à coup dans ses derniers instants. Soudain, une silhouette émergea. Fine, vacillante. Elle portait une cape noire et tenait un bâton d'os blanchi. Sous la cape, une robe déchirée flottait autour d'Elle comme des ailes noircies. Son visage, pâle comme l'ivoire, se tourna alors vers lui. Ses yeux, surprenamment, brûlaient d'une lueur douce, un écho du monde d'avant. Des larmes silencieuses roulèrent sur ses joues. Elle avança, hésitante.

"Est-ce toi?" demanda Enterré, la voix tremblante, tentant de rester droit.

Mais la chose ne répondit pas. Elle tendit une main, sans un mot.

Enterré chancela.

Puis cette voix, chantante et familière : "Tu m'as abandonnée."

Enterré recula, le cœur martelant dans sa cage thoracique.

"Non… je ne voulais pas… Je ne pouvais pas… J'ai essayé… Mais c'est lui…"

"Enterré," souffla-t-elle.

"Je t'ai attendu," murmura-t-elle.

"Je suis venu," répondit-il dans un souffle.

Au moment même où il s'approcha d'Elle, Enterré sentit la présence de son jumeau. Cela faisait si longtemps qu'il ne l'avait plus ressentie qu'il s'était même demandé si son double n'avait pas été qu'une création de son esprit torturé. Mais non, il était là. Nulle autre chose ne pouvait résonner en lui aussi fort.

Autour d'Enterré, le sol se mit à trembler, de plus en plus violemment. Des failles s'ouvrirent dans les dalles de pierre, des lueurs rouges s'échappèrent des profondeurs. Enterré avança pour La rejoindre et, cette fois, fuir avec Elle. Mais déjà, le paysage tout entier semblait aspiré dans un vertige de destruction. Déjà, Elle semblait disparaître. Enterré sentit le monde basculer, pour la deuxième fois. La lanterne s'échappa de ses doigts, tourbillonnant dans l'air gelé. Il ne pouvait plus La voir. Il tenta de l'appeler, mais ses cris restèrent sans réponse.

À quoi bon essayer de La retrouver? Encore une fois, il le savait. Il n'y avait plus de choix.

Il n'y aurait que le néant.

Dans une tentative désespérée, Enterré se mit à courir. Pourtant, il avait l'intime conviction, au fond de lui, que c'était inutile. Sous ses pieds, l'ombre s'élargit. Le sol, rongé par une force invisible, s'effondra dans un fracas de tonnerre.

Enterré poussa un cri muet alors qu'il glissait, aspiré par un gouffre béant apparu soudainement sous ses pieds.

Et dans sa chute, Enterré entendit une dernière fois : "Douce Nuit, Sainte Nuit… tout est froid, plus de bruit…".

Puis, plus rien.

Auteure : Kriek Christelle

L' histoire d'Enterré se dissipa de leurs esprits, mais le portail, ce trou noir béant au centre de la pièce, ne se referma pas. Il demeurait là; un vortex de néant silencieux qui continuait d'aspirer la lumière, créant un courant d'air glacial qui forçait tous les occupants du bar à se plaquer contre les murs, s'agrippant au mobilier comme pour ne pas être arrachés au monde.

Gaïa tomba à genoux contre celui du fond, à bout de souffle. Les racines épineuses se rétractèrent dans le sol avec un bruit de bois qui se brise. Le chaos des disputes était mort, remplacé par une résonance sourde qui semblait venir des entrailles de la terre elle-même.

Devant eux, les éclats de l'horloge brisée, toujours en lévitation, se mirent à tourner sur eux-mêmes dans un ballet mécanique silencieux. Les pièces se contractèrent, s'assemblant en un cœur de bois et de laiton qui se mit à pulser lourdement, une, deux, trois fois. Puis, dans un dernier spasme, il explosa à nouveau en silence, ses fragments reprenant leur danse tourbillonnante avant de recommencer le cycle, encore et encore, comme un compte à rebours infernal pris dans une boucle temporelle.

Recroquevillée dans un coin, loin du vortex, Mère Noël sentit soudain le sac du Père Noël bouger sur ses cuisses. Il devint de plus en plus lourd. Avec un effort, elle le déposa sur le plancher à ses côtés.

Pendant ce temps, Joseph, se détachant du mur, courut apporter son aide à Gaïa, visiblement ébranlée. Le vent et la lumière continuaient à être aspirés par le portail. Cocotte, lui, avait trouvé refuge dans une armoire, le nez à peine sorti de la porte entrouverte. Il ne voulait pas repartir.

Les mains tremblantes, Mère Noël ouvrit le gros sac sans fond. Son cœur s'arrêta. D'abord, le dessus d'un bonnet rouge familier, puis un front ridé, une barbe blanche… le visage de son mari. Il était revenu… ou avait-il été coincé dans son propre sac tout ce temps?

Un cri, mélange de choc et de soulagement, s'échappa de ses lèvres. "Aidez-moi!"

Apocalypse fut la première à réagir. Se tenant fermement au mur, elle commença à se frayer un chemin le long de la paroi, ne voulant prendre aucun risque avec le portail qui donnait toujours l'impression d'être sur le point de tout avaler. "Qu'y a-t-il?" demanda-t-elle en arrivant près de la dame en rouge.

"C'est mon mari! Il est là, il est revenu!"

Apocalypse ne comprenait pas. Le sac semblait vide sur le plancher. Elle ne voyait que l'ouverture, tenue par les mains de Mère Noël qui la regardait avec des larmes coulant sur ses joues.

Lorsqu'elle fut assez près pour voir à l'intérieur, elle vit l'impossible : un tunnel sans fond, une obscurité étoilée qui s'étendait à l'infini. Et au loin, une silhouette grimpait vers eux, s'agrippant à une toile invisible pour retrouver la sortie.

Mère Noël tendit le bras dans le vide du sac. Apocalypse, après une seconde d'hésitation, présenta aussi sa main afin d'aider le vieux bonhomme à s'extirper de sa prison magique.

(Trouvez le Jour 25 dans le calendrier et allez à la page indiquée)

Jour 8

Mère Noël et Apocalypse étaient penchées sur la table, tentant de rassembler les quelques pièces du Jour 8 qu'elles avaient pu trouver dans la brume tenace. C'est alors que Cocotte apparut à côté d'Apocalypse, le poil encore humide et hérissé par le froid. "J'ai trouvé ce qui cloche!" haleta-t-il. "La chose que j'ai frappée au sol… c'était une liane. Je l'ai suivie dans le brouillard… elle mène directement à Gaïa! Elle est… elle est en train de s'étendre partout!"

Comme pour confirmer ses dires, plusieurs lianes végétales émergèrent silencieusement de la brume au pied de la table. Avec une agilité surnaturelle, elles se mirent à grimper le long des pieds de bois. Dans leur prise, elles tenaient délicatement d'autres fragments du calendrier — les pièces manquantes. Sous le regard stupéfait des deux femmes, les lianes déposèrent chaque morceau exactement à sa place, complétant le casse-tête avec une précision qu'elles n'auraient jamais pu atteindre.

La case était montée. Alors que les lianes commençaient à se retirer, le calendrier se mit à pulser d'une lumière douce, comme un cœur. La vibration résonna sur la surface du bois, ajoutant un battement sourd et organique au silence du bar. Comme attirées par cet appel, des dizaines de lianes jaillirent de la brume et se projetèrent sur le calendrier, s'enroulant autour de lui dans une étreinte possessive.

Soudain, partout dans la pièce, des tiges sortirent du sol, telle une forêt en pleine croissance accélérée. Elles poussaient tout sur leur passage. Une table se mit à grincer en étant soulevée de plusieurs centimètres, glissant sur le côté. Des chaises basculèrent sur le flanc, repoussées par la croissance implacable. Des lianes plus fines serpentèrent sur le comptoir, contournant les verres avec une intelligence végétale avant de s'enrouler autour des bouteilles, les faisant tinter doucement.

Au milieu de ce bouleversement, des feuilles se déployèrent, des fleurs éclosirent en cascade, libérant un parfum spontané et agréablement entêtant. Le calendrier, maintenant prisonnier des vignes, s'éleva dans les airs.

"Non!" hurla Apocalypse en s'agrippant au cadre de bois, cherchant désespérément à le récupérer. Elle se tourna vers Mère Noël, l'implorant du regard de l'aider. Mais la vieille dame secoua simplement la tête; se battre contre la nature elle-même était perdu d'avance.

Apocalypse se retrouva suspendue, accrochée de toutes ses forces.

"Lâche prise, Apocalypse! C'est perdu d'avance!" cria Mére Noël.

"Non, on ne peut pas le laisser partir!" répondit Apocalypse, mais elle sentit ses doigts glisser. Elle retomba lourdement sur sa chaise.

Le calendrier, maintenant entièrement recouvert de feuilles, devint une sphère de verdure suspendue dans les airs.

Le feuillage passa du vert au jaune, puis au rouge, les couleurs changeant de plus en plus vite à mesure que la sphère devenait plus fournie et dense.

"Regardez!" s'écria Cocotte en pointant la masse végétale. Il plissa les yeux, la tête penchée. "On la voit!"

"De quoi tu parles?" grogna Apocalypse, ne voyant qu'un tourbillon de couleurs.

"Oui, oui! Faut juste plisser les yeux, regarder sans vraiment regarder!" expliqua le lapin avec une excitation frénétique. "Les couleurs, elles bougent, elles nous montrent l'histoire!"

Mère Noël fronça les sourcils. Elle regarda d'abord Cocotte, qui la fixait avec un sourire fendu jusqu'aux oreilles, les deux yeux louchant si fort qu'ils semblaient vouloir se toucher, lui donnant l'apparence d'un parfait dément. Puis, son regard se porta sur la nature qui prenait de plus en plus d'espace dans le bar. Sceptique, elle plissa les yeux à son tour et, après un instant, son expression s'adoucit. Elle n'eut d'autre choix que de se rendre à l'évidence. "Pour une fois," soupira-t-elle, "l'idiot dit vrai."

Kotdwar
(Région Uttarakhand Nord de l'Inde)

Après une longue quête, Thalira était ravie de retrouver sa forêt, ses clairières fleuries, le chant des oiseaux et le vol des abeilles. C'était un havre de paix, capable de l'apaiser. Toujours accompagnée de son familier, un bon chat des rues ramené du monde des hommes, elle s'affairait à ranger sa bibliothèque et à organiser les plantes séchées qu'elle conservait pour ses potions. Les journées s'écoulaient paisiblement, sans que le moindre désordre ne vienne troubler ce petit paradis.

Thalira veillait sur cette forêt, ainsi que sur d'autres, pour s'assurer du bon équilibre entre les hommes et la nature, car ceux-ci avaient la fâcheuse tendance à tout saccager. Elle surveillait également les bandes d'orcs et de gobelins, qui piétinaient régulièrement la faune et la flore avec mépris. Ces derniers jours, tout était calme, trop calme au goût de Thalira.

Depuis quelques heures, elle et son ami le chat vagabondaient dans la forêt à la recherche d'herbes pour ses potions, lorsqu'elle remarqua plusieurs détails étranges : un brouillard épais recouvrait certaines parties de la forêt, et aucun son n'en émanait. Sans s'inquiéter davantage, elle se dit que le brouillard se dissiperait une fois le soleil à son zénith. Le temps était lourd et orageux, ce qui était peu commun pour un mois de décembre. De plus, de gros nuages noirs approchaient, et il était temps pour Thalira de rentrer chez elle.

Son familier lui annonça qu'il rentrerait plus tard, qu'il allait faire un tour dans le brouillard. Dès qu'il fut parti, il disparut comme s'il avait été avalé, laissant Thalira avec un sentiment d'appréhension. Le lendemain, elle constata qu'il n'était pas rentré. Elle décida donc de partir à sa recherche tout en ramassant les herbes. La forêt était étrangement silencieuse, et ce maudit brouillard s'était étendu. Cela faisait trois bonnes heures que Thalira avait quitté son logis, et toujours pas de trace de son familier. Elle prit alors la décision d'aller dans la zone recouverte par cet étrange brouillard.

À peine un pied dedans, un froid intense et un silence de mort l'envahirent. Elle avançait prudemment et découvrit son chat étendu sur le sol, épuisé et blessé. Que s'était-il passé? Elle prit sa gourde et lui donna à boire, puis le prit sur son dos et décida de retourner chez elle. À peine avait-elle fait quelques pas qu'un cri glaçant la figea. Elle se retourna et se trouva nez à nez avec une chimère sortie tout droit de ses pires cauchemars : un croisement entre un orc, un gobelin et une créature des enfers.

Son premier réflexe fut de brandir son arc et de tirer une flèche qui atteignit sa cible sans que la créature ne réagisse. Celle-ci s'avança vers Thalira, laissant goutter un liquide verdâtre de sa plaie, qui, au contact du sol, le faisait se flétrir sous l'effet d'un acide. Ni une ni deux, Thalira prit ses jambes à son cou, car d'autres créatures approchaient, poussant des cris, grognements et hurlements.

Une fois rentrée, elle déposa son familier sur son lit pour qu'il puisse se reposer, puis se dirigea vers sa bibliothèque à la recherche d'informations sur ces créatures et pour savoir si de tels événements s'étaient déjà produits par le passé. Elle fouilla sa bibliothèque sans succès, ne trouvant aucune mention des monstres ni de ce brouillard mystérieux. Elle décida alors de se rendre auprès du grand gardien des forêts, le fameux dragon noir dont le nom ne devait pas être prononcé.

Thalira prit quelques provisions qu'elle glissa dans sa besace, s'assurant que son ami était bien au chaud avec de l'eau et de la nourriture. Déjà, il commençait à reprendre des forces. Elle choisit de passer par la route près du lac pour se rendre à l'antre du dragon. Bien sûr, elle avait oublié son arc…

Tout se passa bien jusqu'au repaire du dragon. Pas de rencontre avec les orcs qui régnaient dans cette partie de la forêt, ni avec d'autres monstres. Thalira expliqua les faits au dragon, mais celui-ci lui répondit qu'il avait effectivement aperçu ces créatures et le brouillard, mais qu'il n'avait aucune idée de ce qui se passait. Il conseilla à Thalira de se rendre à la tour écarlate, où elle pourrait trouver un magicien noir et ses créatures ailées, qui pourraient lui donner des réponses et peut-être même un remède.

Thalira reprit donc son chemin, mais quelques lieues plus loin, une horde de ces monstres lui tomba dessus. Elle se mit à courir, évitant pierres, troncs d'arbres et autres obstacles, mais trébucha sur un enchevêtrement de racines et chuta dans un puits.

Auteure : Sil Socrate

Suite —

La sphère végétale suspendue dans les airs frémit, ses couleurs automnales s'estompant comme un souvenir qui s'efface. La lumière douce qui en pulsait s'éteignit, et l'orbe de feuilles se désagrégea lentement, les feuilles mortes flottant jusqu'au sol pour rejoindre le tapis de verdure qui recouvrait maintenant une partie du bar.

Les lianes qui maintenaient le calendrier en l'air se détendirent mollement, le déposant doucement sur la table. Mère Noël, quant à elle, secoua la tête comme pour chasser les dernières bribes de la vision imposée.

"Bon, eh bien… c'était… organique", marmonna Apocalypse en se massant les tempes.

C'est Mère Noël qui le remarqua en premier, son regard balayant la jungle improvisée qui avait envahi la pièce. Sur l'un des arbres les plus robustes, qui avaient poussé près du comptoir, pendait quelque chose qui n'était pas là auparavant : un fruit étrange, gros comme une citrouille, d'un brun terreux et hérissé de piques acérées, tel un cocon végétal menaçant.

"Qu'est-ce que c'est encore que cette diablerie?" lança-t-elle, méfiante.

Toute prudence était une langue étrangère pour Cocotte. Oubliant la brume glaciale du jour précédent et sa récente sieste forcée, il vit simplement une nouvelle chose curieuse à examiner. Avec un cri de joie suraigu, il s'élança, bondissant par-dessus une racine et se faufilant entre deux chaises renversées.

"Cocotte, non! Ne touche pas à…" commença Apocalypse.

Trop tard. Arrivé devant le cocon, le lapin, surexcité, se dressa sur ses pattes arrière et, par pure curiosité impulsive, lui flanqua un grand coup de griffe.

Le cocon ne se brisa pas. Il s'ouvrit.

Dans un craquement humide et sinistre, ses plaques épineuses se déployèrent lentement comme les pétales d'une fleur carnivore. L'intérieur était rempli d'un liquide verdâtre et visqueux, épais comme de la bave de crapaud, qui commença aussitôt à déborder. Une odeur infecte d'eau stagnante et de décomposition végétale emplit aussitôt le bar, faisant grimacer Mère Noël.

Puis, une forme humaine glissa de l'ouverture et s'effondra sur le plancher dans un bruit mou. C'était une femme, inconsciente, entièrement recouverte de ce fluide répugnant.

"C'est… c'est elle!" s'exclama Cocotte, reconnaissant Thalira.

"Pour l'amour du ciel, Cocotte!" s'emporta Mère Noël. "Tu ne pouvais pas t'en empêcher?"

Le lapin recula d'un pas, remuant son nez face à l'odeur. "Ben quoi? Fallait bien voir ce qu'il y avait dedans! Et puis, ça sent pas la carotte, ça…"

(Trouvez le Jour 9 dans le calendrier et allez à la page indiquée)

Jour 11

"Vous entendez ça?" murmura la voix de Mère Noël.

"Des étincelles…" répondit Apocalypse, son ton trahissant une inquiétude grandissante.

"Oh non," dit soudain la voix de Chaos, une note d'une ancienne terreur filtrant pour la première fois. "Pas encore. Pas lui."

Le crépitement s'intensifia, accompagné d'un murmure indistinct, comme une prière en colère, et le néant sembla se contracter autour d'eux. Seul Cocotte, ignorant le danger, continuait d'émettre des sons, s'amusant des échos infinis que le vide lui renvoyait.

"Je n'arrive pas à sentir mon corps," déclara Apocalypse, sa voix coupant court au yodel du lapin.

"Nous sommes encore coincés dans une conscience," expliqua Mère Noël, sa voix grave et lourde de sens. "Si personne ne monte la prochaine journée du calendrier dans le bar, nous y resterons. Pour toujours."

"Espérons que les lianes continuent ce qu'elles ont commencé," répondit Apocalypse, s'accrochant à cette unique lueur d'espoir.

"Coincés? Lianes? De quoi parlez-vous?" s'inquiéta Chaos, sa voix perdant pour la première fois son calme résigné.

La Folie se contenta de rigoler, son rire strident rebondissant dans le vide. C'est alors qu'un autre son, parti de très loin mais familier à tous, se mit à résonner. Un tic-tac lourd et organique, comme des tambours. Une mélodie de mécanisme, répétée en canon par l'écho infini. C'était le son du calendrier qui s'assemblait.

Le vide fut anéanti par un éclair de lumière blanche. Quand la sensation de chute cessa, ils n'étaient pas revenus dans le bar. Ils voyaient clair, mais ils étaient encore de vulgaires passagers, regardant à travers les fenêtres de l'âme d'un jour nouveau.

En Proie à la Folie

Hiver 1877

Pouf !

Mais voyons, où suis-je ?

Il fait noir, d'un noir sombre, horrible et tout d'un coup, des étincelles bruyantes firent apparaître un peu de lumière à peine quelques secondes. Mes yeux grossirent dans leurs orbites. Cela n'est point possible, im-pos-si-ble. Je suis dans mon ancienne chambre. Elle est comme je l'avais laissée. Les murs grossièrement peints d'un gris mélancolique, aussi sombre que la pièce dans laquelle je me trouve et le ciel, le lit, démuni de draps et de couverture, la table de chevet trouée à la lampe dans un état tout aussi déplorable.

Une autre étincelle se fit voir et entendre. Je m'approche du calendrier que je sais présent en face du lit et attends le prochain rai de lumière pour confirmer la date. *"Pitié, tout sauf cela !"*

Janvier 1877...

Non, je refuse, je refuse de revenir à cette date !

Je regarde le ciel, comme s'il pouvait me sauver. *"Criss de calendrier de marde de fond de cul !!! Siboire !"* En espérant ne pas devoir passer une année complète à attendre qu'on me sorte de là. La guerre serbo-turque, c'est bien évident, la chambre, les étincelles, nous sommes en Turquie. J'ai fait la grossière niaiserie d'y habiter quelque temps. De toute façon, mon apparence m'évite toute interaction autant physique que verbale. Mon apparence déformée, ma peau presque translucide ainsi que mon corps couvert de plaies ouvertes et de fissures font plutôt reculer les gens. C'est pourquoi je reste majoritairement enfermé ou bien habillé d'un manteau sombre. Bien évidemment, j'ai manqué de talc et je ne me suis pas du tout renseigné sur leur état politique, je voulais avoir la paix et bien, je ne l'ai pas eue.

Les bombes continuent d'affluer dehors, quel temps horrible. Guerre, lui, en serait bien ravi, c'est bien cela le pire. Les guerres, ce n'est pas mon truc, du tout, même ! Ce que je ne comprends pas, c'est ce que je suis censé faire. Bordel, je ne vais quand même pas rester ici, l'immeuble va finir par s'effondrer, petit fait vécu.

Je me vêts, donc de mon long manteau sombre, ressemblant presque à une cape et la tête baissée pour couvrir mes cicatrices et mes yeux, je sors dehors. L'air est déjà empreint de toxicité dehors, donc cacher la brume toxique qui m'entoure est du gâteau.

Je décide de marcher, marcher, j'observe discrètement les événements ; les parents cachant les yeux de leurs enfants, mais aussi les leurs, empreints de crainte, les pharmacies, les épiceries, tout est vide, les vitres complètement détruites. Le sol est plein de poussière et de débris. Il est possible de voir de la fumée et des flammes un peu partout. Je continue ma marche, pousse les obstacles de mes pieds. Je fais fi de toute humanité approchant de moi et laisse la désolation faire son travail. Ce n'est pas moi qui vais en aider certains. Les cris continuent d'affluer de partout, des cris de terreur absolue. Étrangement, ils semblent plus forts, je lève la tête pour constater la présence de soldats ennemis. Ils font la tournée des immeubles pour en tuer les occupants. Je hausse les épaules et poursuis mon chemin. Je continue mon observation.

Un soldat s'approche de moi, me braque son long fusil dessus. Il est couvert de sang mélangé à la sueur et au sable. Je relève lentement la tête et laisse tomber le sombre vêtement qui enveloppait mon corps. Le visage du bonhomme se couvre de dégoût. Il comprend rapidement que je ne réagirai pas et continue son chemin, ce qui m'arrache un petit sourire.

Je retourne donc chez moi et prends un bout de papier et une plume pour écrire, écrire tout ce qui me passe par la tête. Je gribouille quelques dessins pour m'occuper l'esprit. Ce n'est pas dans mes habitudes, mais je passe près de le prier pour retourner au bar. Il me semble qu'un bon verre de cognac serait d'un énorme soulagement. Les notes subtiles de vanille et de noisette, les saveurs sucrées, épicées, fruitées ou amères, ou bien cette douce sensation de brûlure lors de son passage dans mon œsophage. Cette simple pensée m'amène l'eau à la bouche.

Un déclic se fait dans mon cerveau. *"Bien sûr !"* Je m'empresse de regarder dans la petite trappe sous mon lit et oui, elle est encore là, ma bouteille de Vodka ! Ça sera mieux que rien ! Du goulot directement, je laisse le liquide glisser vers ma gorge. Je ferme les yeux pour bien intégrer cette satisfaction, ce bonheur même !

Un sentiment inattendu m'envahit lorsque je vois une femme et son enfant se faire mettre en joue par un soldat ennemi. Je sors au pas de course et me place devant ceux-ci pour refaire les mêmes gestes qu'avec le soldat précédent : j'enlève mon manteau et le regarde droit dans les yeux. Mes yeux verts malsains, brillants d'une lueur rappelant les effets d'une malade, mais également, à ce moment précis, la folie qui m'assaille.

Je profite de sa surprise pour lui prendre son arme et l'abattre sous les yeux ébahis de la femme, ainsi que de son enfant. Je me retourne pour sourire à la petite fille qui semble âgée de seulement deux ans. Je m'éloigne dans une folie furieuse et abats tout soldat sur mon chemin. J'endosse même l'uniforme d'un des leurs pour continuer dans ma folie furieuse, voir qu'on peut s'en prendre à un enfant bordel de merde ! Je continue, encore et encore, aussi longtemps que je sens le soleil sur mon corps. Je lève les yeux vers celui-ci, je souris et m'en délecte tel un nectar. La folie quitte mon corps, comme si elle s'envolait vers le soleil, d'un magnifique jaune. La guerre continue de gronder autour de moi, mais je ne l'entends guère. Je m'écroule au sol, épuisé par toute cette tuerie, je ne sens plus du tout mon corps et sans le comprendre, mes yeux se ferment dans ce coin de ruelle sombre. Tout doucement, je sens presque la vie quitter mon corps.

Auteure : *Rose Plourde*

Suite —

"Mère Noël… Mère Noël… Réveillez-vous."

La voix semblait lointaine, un écho doux dans un brouillard de pensées. Lentement, péniblement, la dame en rouge ouvrit les yeux. La silhouette de Gaïa, accroupie devant elle, se dessina peu à peu. Encore secouée, Mère Noël tenta de focaliser son attention, sentant son esprit chercher à repartir dans les vapes. Elle lutta de toutes ses forces, incertaine d'où elle se trouvait. "Où... où suis-je?" demanda-t-elle, sa voix rauque.

Un poids s'abattit sur ses cuisses dans un choc douloureux qui la ramena brutalement à la réalité. C'était Cocotte, qui lui paraissait peser une tonne. "On est de retour!" lui cria-t-il. "Regarde, j'ai retrouvé Joseph!" Il lui brandit la poupée si près du visage qu'elle ne put la distinguer.

D'un geste pénible, elle balaya la poupée d'un revers de main. "Pas si près, je ne suis pas myope! Sacrebleu... Crois-tu que je vais mieux voir avec ça collé à la figure? Tu parles d'un réveil brutal."

Plus loin, on entendit la voix d'Apocalypse, encore groggy. "Sommes-nous tous revenus?"

Une exclamation joyeuse et stridente leur fit faire un bond. "J'ai retrouvé mon corps!" C'était Folie, debout au milieu de la pièce, s'étirant comme si elle sortait d'une longue sieste.

"Moi aussi," ajouta une voix calme et posée. Chaos était assis sur un tabouret, examinant ses mains comme s'il les redécouvrait.

Apocalypse se frotta les yeux, incrédule. Elle tourna la tête vers Mère Noël. "Pourquoi sont-ils conscients, alors que les autres sont toujours dans les vapes?"

Mère Noël suivit son regard, observant la rangée de corps inertes le long du mur, puis les deux nouvelles entités éveillées. Elle prit une profonde inspiration, sa déduction prenant forme. "Je crois que c'est la force de leur essence même. Ce ne sont pas des personnages comme les autres. Comment expliquer la Folie? Et qui de mieux placé pour contourner les règles du chaos que Monsieur Chaos en personne?"

(Trouvez le Jour 12 dans le calendrier et allez à la page indiquée)

Jour 20

Tandis que Kerrak, la Folie et Gaïa s'attelaient à déplacer la masse inerte de Chaos vers le mur des inconscients, Cupidon et Rupture se dirigèrent derrière le bar pour se préparer un shooter. Plutôt que de simplement prendre place, Rupture, d'un geste nonchalant, poussa du coude Cocotte qui somnolait sur le comptoir, l'envoyant rouler à terre dans un bruit sourd.

À l'écart, Mère Noël était assise seule devant le calendrier. Sur ses cuisses reposait le sac de cadeaux vide de son mari, qu'elle avait récupéré dans un coin. Elle tournait une pièce du puzzle entre ses doigts, persuadée qu'elle tenait la bonne, mais n'arrivait tout simplement pas à trouver comment l'insérer. Frustrée, elle ferma les yeux, juste une seconde, déposant la pièce sur la surface froide de la table. Ses doigts s'enroulèrent autour du sac rouge, et elle lança une pensée silencieuse dans l'univers, espérant que son mari puisse la ressentir : *"Je m'ennuie tellement de toi. Quand me reviendras-tu?"*

"Un shooter?"

La voix la fit sursauter. Mère Noël n'avait pas entendu Cupidon approcher. Elle lâcha vivement la poche du Père Noël.

"Non merci…" dit-elle d'abord, avant de se raviser. "Oui, oui. Pourquoi pas."

Cupidon lui remit le nectar préparé avec Rupture, puis ramassa le morceau que la dame avait déposé sur la table et, comme s'il savait déjà où était sa place, l'inséra dans l'encoche.

À cet instant, la lumière s'éteignit complètement. Puis, dans ce vide absolu, le rituel sonore s'éleva. Ce n'était pas un simple grincement cette fois, mais le craquement d'un os ancestral ou le battement d'un tambour funèbre venu du fond des âges. Le son ne fit pas que briser le silence; il le sculpta, donnant naissance sur le mur opposé à un théâtre d'ombres primitives qui commencèrent à danser au rythme de l'histoire à venir.

Le Dernier Totem

Le soleil déclinait derrière les collines, peignant le ciel de rouge et d'or. Horruk se tenait devant sa petite maison en bois à côté du village, attendant le retour de sa femme. Il pouvait sentir la fumée des feux de cuisine et entendre les enfants rire au loin. Pendant un instant, tout paru calme.

Mais à l'intérieur, l'esprit d'Horruk était agité. Les oiseaux avaient cessé de chanter, et l'air semblait lourd. Il serra son totem de loup autour de son cou, une petite sculpture d'une tête de loup en bois. C'était plus qu'un simple charme. C'était la voix de ses ancêtres.

Les esprits lui murmuraient que quelque chose de sombre approchait. Horruk avait vécu assez longtemps pour savoir quand le monde était sur le point de changer. Il était un shaman tribal, fort, aux larges épaules, sa peau bronzée marquée de tatouages d'animaux qui lui donnaient de la force. Ses yeux blancs luisaient faiblement même dans la lumière déclinante. Des os et des plumes pendaient de ses vêtements, cliquetant doucement lorsqu'il bougeait.

Alors que la nuit commençait à tomber, une brume froide s'éleva de la forêt. Elle était trop épaisse, trop sombre. Horruk sentit sa poitrine se serrer. Il leva son bâton et murmura une prière aux esprits du vent et du feu.

De la brume sortirent les Âmes Sombres, des formes ténébreuses qui ressemblaient à de la fumée animée. Leurs yeux brillants perçaient le brouillard, et elles se déplaçaient rapidement, silencieuses jusqu'à ce qu'elles frappent. Quand elles touchaient la chair, celle-ci brûlait d'un froid glacial. Sa femme n'était pas encore rentrée. Des cris commencèrent à résonner depuis le village alors qu'une épaisse fumée s'élevait dans les airs.

Horruk courut vers le village pour trouver son épouse parmi les villageois dans les rues, alors qu'une horde d'Âmes Sombres se rapprochait. Les gardes du bourg s'armèrent de lances et de torches, mais ce n'était pas suffisant. Le Shaman cria : "Restez derrière moi!" et leva son bâton bien haut. Les tatouages sur ses bras se mirent à luire d'un bleu clair.

"Esprits de la flamme, protégez cette terre!"

Le feu jaillit de son bâton et fendit la brume, brûlant la première des Âmes Sombres. Elles hurlèrent en se dissipant en fumée, mais d'autres arrivèrent. L'air s'emplit de leurs cris glaçants.

Horruk combattit aux côtés des villageois, invoquant la foudre et le vent pour frapper ses créatures. Son totem de loup brillait d'un blanc éclatant tandis qu'il maniait son bâton avec une force née des esprits. Mais peu importe combien ils en détruisaient, d'autres surgissaient encore et encore de la brume.

"Repliez-vous!" cria Horruk. "Vers la forêt!"

Les gens coururent, serrant leurs enfants et les quelques affaires qu'ils pouvaient emporter. Sa femme et Horruk échangèrent un regard avant qu'elle ne disparaisse dans les bois. Horruk resta à la lisière du village, abattant autant de ces monstres qu'il le pouvait pour leur donner du temps. Mais bientôt, même lui fut forcé de battre en retraite.

La brume les suivit au travers des arbres.

La forêt était obscure et silencieuse, à l'exception des cris de ceux qui fuyaient et des doux murmures des esprits autour d'Horruk. Les arbres étaient hauts et tordus, leurs racines s'enroulant comme des griffes sur le sol. Le totem du loup parla d'une voix basse que lui seul pouvait entendre.

Un garde du village dit : "Horruk, ils nous suivent toujours. Nous devons protéger les vivants."

"Je le ferai," dit-il, la voix rauque. "Même si cela doit me coûter la vie."

Le groupe s'enfonça plus profondément dans les bois. Horruk sentait les Âmes Sombres se rapprocher, un air froid frôla son cou comme des doigts fantomatiques.

Finalement, ils atteignirent un vieux pont en bois suspendu au-dessus d'un profond canyon. De l'autre côté se trouvait la sécurité, le sentier qui menait vers les montagnes et, au-delà, le Havre des Chevaliers. Sa femme guida les villageois un par un, tandis que les planches grinçaient sous leurs pieds.

Horruk se tourna de nouveau pour faire face à la menace. Des formes sombres se formaient à l'orée de la forêt, des centaines d'entre elles. Le shaman planta son bâton dans le sol.

"Esprits de la Terre, entravez-les! Esprits de la Lumière, retenez-les!"

Le sol trembla. Des racines jaillirent de la Terre et enchevêtrèrent les premiers assaillants. Pendant un instant, cela fonctionna, la brume noire ralentit. Horruk put voir les derniers villageois atteindre l'autre côté.

"Partez!" cria-t-il. "Courez! Ne vous retournez pas!"

Mais alors qu'il commençait à se diriger lui-même vers le pont, un grognement profond résonna depuis le brouillard. Une silhouette massive en sortit, une silhouette plus grande que les autres, son corps luisant d'un feu doré sous la brume. Horruk la reconnut immédiatement.

"Encore toi," dit-il doucement avec un visage sombre. "Celui que je n'ai jamais pu libérer."

La créature rit, un son à glacer le sang. "Nous nous retrouvons, Shaman. Tes pouvoirs s'affaiblissent. Tu ne m'échapperas pas cette fois."

Le pont trembla alors qu'Horruk reculait dessus, faisant face au démon. Il leva son bâton, ses tatouages brûlant d'un rouge vif.

"Esprits de mon sang, guidez-moi une fois de plus!"

Le démon se jeta sur lui. Horruk fit tournoyer son bâton, les deux forces s'entrechoquant dans une explosion de lumière et d'ombre. L'air vibra au son de leur affrontement.

En dessous d'eux, le pont gémit. Les cordes cédèrent une par une. Des planches commencèrent à tomber dans le canyon en contrebas. Horruk poussa en avant, frappant encore et encore, forçant le démon à reculer.

Le totem du loup brillait plus fort, murmurant doucement : "Ton chemin s'arrête ici, mais ton esprit vivra."

Horruk serra les dents. "Alors, soit."

Il enfonça son bâton dans la poitrine du démon. Un éclair de lumière blanche emplit le canyon, aveuglant et pur. Le démon hurla, son corps se transformant en fumée. Alors, d'autres Âmes montèrent sur le pont pour venger leur maître. Mais le pont avait atteint sa limite.

Avec un craquement terrible, Horruk court alors que les cordes se rompent. Sa femme lui tend la main juste à temps pour qu'il l'attrape, mais avec l'élan, ils finissent par tomber tous les deux dans la crevasse.

Auteure : Alexys Bourgeois

Le théâtre d'ombres primitives s'évanouit. Le silence retomba.

Ils attendirent.

Puis, un craquement terrible retentit au-dessus d'eux. Une des grosses poutres du plafond se fendit de part en part, avec le son sec d'un os qu'on brise. Des échardes et de la poussière de bois tombèrent telle une brume de décombres.

Quand le nuage se dissipa, ils le virent. Suspendu à la poutre brisée par une seule main, le corps inerte de Horruk se balançait doucement. Il ne tomba pas. Pas encore. Il resta là, immobile, comme un dernier vestige de la volonté des anciens, accroché à la frontière du monde des vivants.

"Il est seul," murmura Gaïa, sa voix mêlée de tristesse pour sa femme.

Mère Noël s'approcha. "Il faut le descendre de là avant qu'il ne tombe." Dit-elle doucement, déjà tendue vers lui comme une mère vers son enfant blessé.

Mais alors qu'Apocalypse et Kerrak se préparaient à agir, le corps d'Horruk commença à glisser. Ses doigts lâchèrent prise. Il tomba lourdement au sol avec un bruit sourd.

Cocotte se réveilla en sursaut. À moitié endormi, il vit le corps d'Horruk à proximité. "Ah, un nouveau venu…" Il se releva en se grattant une fesse. "Où est Joseph?"

"Je suis ici, l'ami," répondit le vrai mort-vivant depuis le comptoir.

D'un air désinvolte, Cocotte roula les yeux avec un soupir. "Ah non, je ne parlais pas de toi. Va jouer ailleurs, tu m'ennuies." Sa réplique fut suivie d'une flatulence. "J'ai tout un mal de bloc et la bouche pâteuse."

(Trouvez le Jour 21 dans le calendrier et allez à la page indiquée)

Jour 3

Le temps s'écoulait et Guerre n'avait toujours pas refait surface. Mère Noël avait pratiquement fini de monter la case suivante, cependant il manquait des morceaux. Gaïa, à quatre pattes, scrutait chaque recoin du bar à la recherche du moindre fragment qui aurait pu rester caché.

Apocalypse finit par trouver une petite plume derrière une vieille bouteille de Bourbon. Elle dissimula son inquiétude qui venait de se multiplier. Était-ce une partie de Joseph? Elle espérait que ce n'était pas son seul vestige. Des sueurs froides et un vertige l'envahirent à l'idée qu'il ait pu disparaître dans le calendrier.

Cocotte, lui, avait fini par voir le fond du plat de peanuts et s'amusait à danser en rond, chantant à tue-tête, énervant tout son entourage comme à son habitude. Quand finalement, sa voix saccadée se tut. "Hé, tout le monde, venez voir ça!"

"On n'a pas le temps pour tes sottises", répliqua Apocalypse, attirant un regard curieux du lapin qui sentit que quelque chose clochait dans le ton de la sœur des cavaliers. Mais cette distraction ne dura qu'un bref instant, car il s'exclama à nouveau. "Non, je suis sérieux, venez voir, vite!"

Dans un soupir, Mère Noël déposa la pièce qu'elle tenait entre ses doigts et alla le rejoindre dans un coin sombre du bar. "Que veux-tu, énergumène?"

Cocotte pointa une petite pyramide de sable sur le plancher en s'écriant, un cure-dent entre les lèvres : "Regarde, regarde!"

"Bravo. Tout ça pour une petite butte de poussière que tu auras amassée."

"Non, non, je crois que c'est Guerre." Puis il pointa le plafond d'où tombaient les grains depuis un trou entre deux planches, coulant comme le sable d'un sablier qui contait le temps qui passait.

"C'est probable. Dans l'état actuel du calendrier, tout est possible à ce stade", dit Gaïa en s'approchant.

Cocotte ramassa un grain de sable pour l'admirer à la lueur des lumières du plafond.

"Remets ça à sa place si tu ne veux pas que je fasse un méchoui de ta carcasse", cracha Mère Noël sans ouvrir la bouche, la mâchoire serrée de rage.

"Mais…"

"À terre", ordonna-t-elle, des fourchettes dans le regard, prête à l'empaler.

"Oui, oui, j'y venais… Je voulais seulement voir si je pouvais ressentir le pouvoir de la guerre dans la paume de ma patte", dit-il avant de relâcher lentement le grain, sans même le regarder tomber. D'un mouvement énervé, il donna un coup de pied dans le vide avant de se détourner en grimaçant. "T'es vraiment pas amusante… Je ferais mieux d'aller me servir un verre."

Apocalypse demanda : "Comment savoir si c'est lui, et s'il va un jour revenir à la normale?"

Gaïa ferma les yeux, invoquant ses forces de la nature. Une liane se déplia de ses habits, sinuant sur le sol tel un serpent avant d'atteindre le pied de la pyramide. "Je vous confirme que l'énergie qui en découle est bel et bien celle de Guerre." Aussitôt sortie, la liane se rétracta pour reprendre sa place.

D'un ton désinvolte, la Mère des Nains se détourna. "Ce n'est pas tout, on a encore du boulot à faire." Puis, en allant rejoindre le calendrier, elle pointa Cocotte du doigt. "Que je ne te voie pas t'approcher de Guerre."

Le lapin, assis sur le rebord du comptoir avec un bock qui ressemblait à un pichet entre les bras, interrompit sa gorgée. Il mima une marionnette avec sa patte comme si elle lui parlait. "Bla bla bla..."

Après quelques heures acharnées dans un semblant de silence, souvent perturbé par des mises en garde verbalisées à Cocotte de ne pas s'approcher de Guerre, on entendit finalement Gaïa énoncer d'un ton serein : "Et voilà!"

Mais le calendrier ne réagit pas. "Oh non", sortit de la bouche de Mère Noël. "J'espère qu'on n'a pas mis une pièce à la mauvaise place." Elle ramassa l'artefact, examinant chaque parcelle à la recherche du moindre défaut. Son attention fut soudainement attirée par le cri du lapin. "Venez voir vite!"

"En quelle langue je t'ai dit de rester loin de ce coin!" s'écria la matrone du bar. Au même moment, la porte d'entrée s'ouvrit dans un fracas, laissant entrer une bourrasque de vent. Apocalypse se précipita pour la refermer, inquiète que la rafale n'éparpille son frère aux quatre coins de la pièce.

"Les filles..." mais aucune réponse ne se fit entendre... "Au secours! Ça bouge tout seul! "

Apocalypse se tourna, toujours plaquée contre la porte pour la maintenir fermée malgré la force du vent qui cherchait encore à entrer, et regarda dans la direction du lapin.

Gaïa fut la première à rejoindre la petite boule de poils. Sous ses yeux stupéfaits, elle demanda : "Qu'as-tu fait?"

Cocotte virevoltait au sein d'une petite tornade qui avait ramassé dans son sillage la poussière de Guerre. "Mais je n'y suis pour rien, je te le jure!"

À la vue du lapin dans sa montagne russe improvisée, Mère Noël regarda Apocalypse et ordonna à travers le vacarme : "Laisse le vent entrer!"

"Mais…"

"Tout de suite!"

Apocalypse se tassa rapidement et la porte s'abattit de plein fouet, à deux doigts de la heurter dans son élan. On entendit les charnières crier sous la force de l'impact. La petite tornade grossit aussitôt, propulsant Cocotte à l'autre extrémité du bar dans un hurlement d'amusement.

Chaque grain de sable sembla se recomposer de lui-même, reformant le corps de Guerre. Sous les regards émerveillés de tous, la figure reconstituée sembla les observer jusqu'à ce qu'un éclair, sorti de la tempête, le frappa. L'homme s'écroula, inconscient, son corps entier s'étalant sur le sol. Puis, avant que quiconque ait pu réagir, le calendrier entre les mains de Mère Noël lança une décharge électrique. Secouée, elle le laissa tomber. La tornade changea de forme pour arborer celle d'un nuage menaçant, longeant un pan de mur. Une averse se mit à tomber, formant un mur de pluie. Une lueur sortit de la case, faisant défiler la prochaine histoire tel un film projeté sur un écran géant.

Le Mystère de l'artefact Maudit

Dans l'ombre vacillante du Comptoir de l'Oignon Chantant, une taverne minuscule cachée entre deux dimensions culinaires, où les plats chantent à tue-tête et les oignons pleurent vraiment, Liraël, la sorcière, se tenait assise à une table bancale. Autour d'elle, l'air était parfumé d'épices et de secrets.

La taverne était tenue par une créature étrange, mi-cuistot, mi-invocateur de recettes interdites, qui marmonnait des incantations dans une langue oubliée pour faire lever les soufflés (parfois jusqu'au plafond), tout en surveillant les chaudrons qui refusaient obstinément de bouillir.

Liraël, drapée dans une robe noire flottante comme un nuage d'encre de poulpe, avait les yeux rivés sur les pages d'un grimoire antique. Ses doigts glissaient sur les incantations comme on effleure une pâte à pain encore

167

vivante. Les phrases cryptées semblaient parfois se réorganiser d'elles-mêmes, comme si le livre voulait être lu à sa manière. Chaque mot avait un goût nouveau dans sa bouche, chaque symbole, une épice rare de la magie oubliée.

Autour d'elle, les clients de la taverne, quelques gobelins gastronomes, un spectre amateur de tartes et une fée en plein débat avec son bol de soupe, chuchotaient dans une cacophonie étrange.

Le vent, chargé d'arômes de ragoûts anciens, faisait trembler les rideaux en peau de champignon géant. Mais Liraël n'entendait rien de tout cela. Elle cherchait un artefact mystique, plus ancien que les premières spatules magiques. Une relique liée à des forces si anciennes qu'elles faisaient frissonner la graisse des lardons enchantés sur le feu.

Soudain, une bourrasque d'énergie jaillit de ses doigts couverts de farine magique. Un chapeau géant apparut au centre de la table dans un petit "*pop*" sonore et sucré, comme un macaron qui éclate.

De ce chapeau sortit d'un bond Chocotte, un lapin magique au pelage hérissé de poivre noir, ses oreilles battant l'air comme des feuilles de basilic en colère. Dans ses petites pattes, il tenait une poupée vaudou étrange ressemblant à Joseph. La poupée se dandinait comme une marionnette, secouée dans tous les sens par les gestes surexcités de Chocotte.

À sa suite, Biscotte, un autre lapin magique au regard sournois de cheesecake accusateur et au sourire troublant d'un fondant au chocolat rempli de secrets, bondit à son tour, sa propre poupée vaudou entre les dents.

Et enfin, Popote, le dernier lapin, jaillit du chapeau dans un nuage de mousse au chocolat fouettée, poussant un cri si aigu qu'un soufflé au fond de la salle implosa dans un petit "pouf" tragique. Il tenait sa poupée dans les pattes, un carré de chocolat coincé entre les lèvres comme un talisman sacré — un artefact légendaire dont on dit qu'il fait pleuvoir des brownies quand on le croque au clair de lune.

Les runes gravées sur les bras de Liraël s'illuminèrent soudainement, brillantes comme des flammes sous une poêle huilée. Un picotement étrange parcourut sa peau, ces marques en forme de crocs réagissant lentement, mordant sa chair avec la précision d'un rouleau à pâtisserie qui a trouvé son chemin dans un monde parallèle.

Quelque chose, dans la taverne, réagissait à sa magie.

Elle murmura une formule entre ses dents, sa voix vibrante comme une marmite en ébullition.

Les lapins s'immobilisèrent aussitôt, leurs yeux s'illuminèrent d'une lueur verte, pareille à celle d'un pesto vivant. Ils se mirent à marcher comme des automates, leurs petites pattes frôlant le sol carrelé de croûtes de fromages enchantés.

Mais quelque chose n'allait pas. Les poupées vaudou gigotaient, se tordaient, comme si une force invisible voulait les libérer. La tension montait. Le Comptoir tout entier semblait retenir son souffle (et ce n'était pas qu'à cause de la soupe à l'ail explosive du mardi).

À midi pile, une cloche retentit, pas celle de l'horloge, non : celle du minuteur maudit accroché à la cuisine, un artefact en forme de crâne de homard. Le sort fut rompu.

Chocotte, Biscotte et Popote se redressèrent. Leurs voix s'élevèrent en chœur :

"Trop tard… beaucoup trop tard!"

Ils filèrent à toute vitesse vers la porte du Comptoir, bousculant un troll sommelier et une tarte bavarde. Les poupées vaudou dans leurs bras remuaient frénétiquement, leurs petits membres s'envolant dans tous les sens. L'un d'eux jaillit dans les airs et atterrit dans la main tendue de Liraël.

Sans attendre, la sorcière se leva, attrapa son grimoire, et se précipita dehors. Le bras dans ses mains vibrait d'une énergie ancienne, étrange, légèrement citronnée. Elle devait rattraper les lapins.

Mais dès qu'elle franchit le seuil du Comptoir de l'Oignon Chantant, une lumière aveuglante éclata dans le ciel. Les lapins s'élancèrent dans un triple salto, avant de relâcher leurs poupées. Les yeux des poupées se transformèrent en émeraudes étincelantes. Un pentagramme culinaire en forme de fraise se dessina au sol, libérant une énergie ancestrale, pleine de sucre et de malédictions.

Liraël comprit trop tard. C'était un piège.

Le mirage se dissipa, laissant place à un vortex d'énergie magique.

Son regard se posa sur le collier autour du cou de Biscotte, un objet mystique marqué du même pentagramme que celui au sol. Liraël comprit alors que cet artefact était la clé de tout, et que le mystère qu'elle poursuivait depuis si longtemps était bien plus proche qu'elle ne l'avait imaginé. Mais avant qu'elle ne puisse agir, elle glissa sur une flaque d'eau et disparut dans une fissure au sol.

Auteure : *Peggy Vanderhispallie*

Socotte avait arrêté de regarder la projection depuis un bon moment. Il avait saisi une barre de savon sur le comptoir près du lavabo pour ensuite aller se doucher sous la pluie. Sans se soucier des autres, il s'était mis à se laver tout en chantant sous les gouttelettes. "I'm singin' in the rain... ♫ La, la, la, la, la, la... ♪♪ " quand soudainement, la pluie s'interrompit. "Hé! Qui a fermé le robinet?"

La tempête se dissipa aussi subitement qu'elle était apparue, emportée par un dernier coup de tonnerre, laissant derrière elle une immense étendue d'eau sur le sol.

Il regarda le plancher, voyant la nappe liquide dans laquelle il pataugeait. Son reflet lui fut renvoyé, vacillant sous les ondulations causées par ses déplacements. Mais quelque chose clochait. "Oh... on dirait que mon reflet... ce n'est pas moi."

"De quoi tu parles?" demanda Gaïa.

"Il a trop picolé", répliqua Apocalypse.

Cependant, Mère Noël hésita. "Attendez un instant. Guerre est tombé dans le sable et il est revenu en sable…" Elle se leva sur ces mots pour rejoindre Cocotte, étirant le cou pour voir sans y plonger le moindre orteil.

"Vois-tu quelque…?" mais avant qu'Apocalypse ait pu finir sa phrase, un "Chut!" autoritaire enterra ses derniers mots. Mère Noël agrippa le lapin par les oreilles, le soulevant de terre. "Vas-tu te tenir tranquille deux secondes?!" lui cracha-t-elle.

Lassée d'attendre, Apocalypse demanda : "Vas-tu finir par nous dire ce que tu vois?"

"Ce n'est pas un reflet", murmura Mère Noël. "Elle semble piégée… sous l'eau."

"Je veux voir ça", déclara Gaïa en s'approchant.

"Mais… c'est le plancher sous la flaque! Et ça te dirait de me reposer? J'ai les oreilles qui commencent à me faire mal!" se plaignit Cocotte.

Ignorant ses jérémiades, tous purent voir Liraël frapper la paroi invisible de l'autre côté, comme pour en sortir, prise au piège d'un monde qui n'était toujours pas le sien.

(Trouvez le Jour 4 dans le calendrier et allez à la page indiquée)

Jour / 3

Mère Noël s'approcha lentement, son visage habituellement sévère déformé par une suspicion glaciale. Elle contourna Kerrak, qui avait repris son martèlement sourd, et se planta devant Gaïa. "Alors," commença-t-elle d'une voix dangereusement calme. "La même question que je t'ai posée à mon arrivée. D'où viens-tu?"

Gaïa leva des yeux paniqués, secouant la tête. Elle balbutia, cherchant ses mots. "Je… je… je ne sais pas…"

"Je ne sais pas"…" intervint Apocalypse en s'approchant à son tour, son expression dure. "C'est trop facile, Gaïa. C'est la même chose que j'ai dite. Sauf que toi, tu n'as pas l'air d'avoir un trou noir dans la mémoire. Tu as l'air d'avoir un secret."

Chaos, adossé au comptoir, croisa les bras, un sourire amusé aux lèvres. "Le spectacle devient intéressant."

"Oh oui!" gloussa la Folie, tapant dans ses mains. "Le petit secret de la petite fleur! Va-t-elle avouer? Va-t-elle pleurer?"

Mère Noël ignora les parasites. Son regard d'acier ne quittait pas Gaïa. "La loi est simple. C'est la loi de l'échange. Quelque chose sort, quelque chose entre." Elle marqua une pause, laissant le poids de ses mots s'installer. "Cocotte et toi, vous êtes sorti… et le reste de notre monde a été avalé."

Un long soupir s'échappa des lèvres de Mère Noël, un souffle chargé de semaines de frustration. Elle détourna le regard un instant, fixant le bloc de glace où Joseph commençait à bouger.

Sans rien dire, la Folie commença à fredonner. Une mélodie douce, à peine audible, comme une berceuse pour enfant. Puis, à mesure que son regard malicieux passait d'une personne à l'autre, son sourire s'accentua et le volume de son chant augmenta, installant délibérément une ambiance de suspense insoutenable.

"Je devenais folle..." commença Mère Noël, sa voix se mêlant à la musique étrange. "Je n'arrêtais pas de me demander... qu'est-ce qui a bien pu sortir ? J'ai même pensé que cet épouvantail dans son iceberg pouvait provenir du calendrier, jusqu'à ce qu'on trouve son double dans le tiroir à glace..."

La voix de Joseph, étouffée mais claire, s'éleva de son cercueil de glace. "Hé ho, je vous entends, Madame. Je ne suis pas un épouvantail... D'accord, j'ai peut-être l'air épouvantable, mais sachez que j'ai déjà eu un semblant de charme avant de commencer à pourrir sur place."

Malgré la situation, Apocalypse ne put réprimer un léger rictus. Mais les mots de Joseph eurent un effet inattendu sur Mère Noël. Son expression s'effondra. La colère et la suspicion disparurent de son visage, remplacées par une stupéfaction et une compréhension soudaine et terrible. Elle se tourna de nouveau vers Gaïa, mais cette fois, il n'y avait plus d'accusation dans son regard, seulement de l'effroi. Le fredonnement de la Folie atteignit un crescendo, comme si elle attendait la chute.

"Mon Dieu..." murmura Mère Noël, comme si elle venait de comprendre l'ampleur d'un désastre naturel. "Ce n'était pas une question de malice... Il n'a jamais été question d'une armée ou d'une légion. Juste... d'équilibre. Il fallait une force assez colossale pour contrebalancer le poids de tout un bar même Céleste."

Elle maintint involontairement le suspense, son souffle coupé par la magnitude de sa propre révélation, avant de conclure dans un murmure qui résonna plus fort que n'importe quel cri : "Une Mère Nature."... et d'un ton sec, elle cracha. "Non, mais tu vas la fermer à la fin?"

Le fredonnement de la Folie s'arrêta net.

"Mon mari n'est toujours pas revenu. Nous devons finir..." commença Mère Noël, mais sa phrase fut coupée par un bourdonnement musical. La Folie avait repris son murmure rythmique. "C'était à toi que je m'adressais quand j'ai dit de la fermer!" ordonna Mère Noël en mitraillant du regard la folle de service.

Celle-ci se figea, les mains remplies de petits morceaux de bois qu'elle venait de ramasser. Faisant mine de ne pas comprendre, elle lança : "Oh! Mais elle débloque complètement? On est dans un bar ici, pas dans une bibliothèque. Prends tes cachets, ma grande, et que ça presse."

Discrètement assis sur un tabouret voisin, les pieds ballottant dans le vide, Cocotte peignait la moitié de crâne chevelu de la poupée Joseph avec une fourchette à cocktail. Il murmura inconsciemment à la poupée : "Ouin, c'est à se demander qui, entre les deux, est la plus zinzin…"

Voyant qu'un silence macabre avait envahi l'atmosphère, il leva les yeux. Son regard trouva celui d'Apocalypse, qui le fixait avec un sourire en coin, les bras croisés. Chaos lui fit discrètement un pouce en l'air. Un rire cassé attira ensuite son attention. Le vrai Joseph, qui prenait désormais un bain dans un glaçon presque entièrement fondu, l'observait en se marrant. "Je ne sais pas qui tu es, p'tit gars," dit Joseph, "mais je crois que tes heures sont comptées."

Instinctivement, Cocotte tourna la tête et vit Mère Noël qui fonçait sur lui. "Je crois que c'est l'heure de mon médicament!" lâcha bêtement le lapin avant de sauter de son banc pour détaler dans la direction opposée.

"Attends que je t'attrape! Tu ne pondras plus d'œufs avant longtemps, toi!"

En temps normal, Cocotte aurait été un gibier impossible à attraper. Mais cette femme n'était pas un personnage ordinaire. Elle avait plus d'entraînement qu'un escadron de la mort, des siècles d'expérience à pourchasser des Nains dans les mètres de neige du Pôle Nord. Même *Nainsaisissable* avait été rebaptisé *Nainsaisissable Sauf Par Mère Noël*. Après une heure de course-poursuite à esquiver les obstacles, la femme en rouge le captura en plein saut, par les oreilles.

Elle s'apprêtait à le sermonner lorsque le carillon du calendrier retentit. Chaos et la Folie, s'étant lassés de les voir courir, avaient repris la construction des cases.

"Oh, regardez!" déclara Cocotte en pointant l'un des "Journaux Célestes" qui était tombés sur le plancher.

Les pages du journal tournaient toutes seules avant de s'arrêter sur une image en noir et blanc. Le titre de la manchette disait : *Disparition au pôle Nord*. Soudain, la photo se mit à bouger, se transformant en un vieux film noir et blanc, attirant l'attention de tout le monde. Mère Noël déposa le lapin sur le comptoir afin de se rapprocher.

"Sauvé par la cloche," sourit la peste de poils.

Disparition au Pôle Nord

Avant sa pause de lecture du journal, Père Noël retrouve d'étranges gouttes de sang sur son costume. Il essaie de les faire disparaître du mieux qu'il le peut, mais l'homme en habit rouge est trop pressé à l'idée de lire le journal, donc il ne s'en préoccupe pas plus qu'il ne le faut.

En pleine lecture du journal, le vieil homme barbu ne remarque pas Lutin farceur qui vient le voir pour lui annoncer une mauvaise nouvelle.

Lutin farceur : Père Noël, Père Noël!! Mère Noël a disparu et personne ne sait où elle est.

Père Noël : Ça ne peut pas être vrai, je suis certain que c'est encore une farce de ta part.

Lutin farceur : Je vous jure que ce n'est pas moi!

Père Noël : Bon, si tu le dis, mais je ne te crois pas. Allons la retrouver.

Le Père Noël aussi suspicieux soit-il, se lève de son fauteuil et part en direction de la cuisine. Mère Noël est toujours à la cuisine donc pourquoi ne pas commencer par là.

Arrivé à celle-ci, le Père Noël se précipite sur les biscuits et en mange une quantité importante pendant que Lutin farceur le regarde découragé.

Lutin farceur : Arrêtez de manger tous les biscuits et cherchez des indices qui pourraient nous aider à la retrouver.

Père Noël lui répond la bouche pleine : Il faut bien que je reprenne des forces avant de partir à la recherche de la Mère Noël. En plus ces biscuits sont tellement bons. Mmm…

Se ressaisissant face au découragement de Lutin farceur, l'homme se met à la recherche d'indices. Il regarde dans le réfrigérateur tout en se prenant un grand verre de lait. Le vieux barbu le boit d'un trait et le dépose sur le comptoir. Il regarde aussi dans les armoires, et l'évier, mais celui-ci ne trouve rien.

Père Noël : Ce n'est certainement pas ici que nous allons trouver des indices. Allons dans une autre pièce.

Il s'apprête à partir quand Lutin farceur l'intercepte.

Lutin farceur : Vous avez mal regardé, il y a un mot écrit sur le comptoir à côté du verre que vous avez déposé et il me semble qu'il soit écrit avec du sang!

Le Père Noël observe les lettres rouges et il s'avère que Lutin farceur a raison, car il est bel et bien inscrit en petit avec du sang "allez dans l'atelier."

Ayant de plus en plus peur pour la Mère Noël, les deux se rendent dans l'atelier où les cadeaux sont confectionnés.

Là, le Père Noël ne sait par où commencer pour chercher le prochain indice. En même temps, c'est comme fouiller dans une botte de foin. Il demande alors à tous les lutins de l'écouter.

Père Noël : Nous avons un problème très urgent et important à régler. La Mère Noël a disparu et le premier indice nous mène jusqu'ici. Je vais donc avoir besoin de votre aide pour trouver quelque chose qui peut aider à savoir où elle peut être. Je sais que cela va causer beaucoup de retard dans la fabrication, mais nous devons la retrouver!

L'annonce crée un moment de silence entre les lutins et par la suite c'est la cacophonie totale.

Père Noël : ASSEZ!! Ne perdons pas plus de temps et aidez-moi à trouver cet indice.

Tous les lutins se mettent à la recherche d'un possible indice qui pourrait aider à retrouver Mère Noël sans résultat. Le vieil homme barbu est de plus en plus triste à l'idée de ne jamais retrouver sa bien-aimée.

Puisque les recherches n'aboutissent à rien, il retourne donc à la cuisine avec Lutin farceur sur ses talons.

Il met la cuisine sens dessus dessous de fond en comble, car il est fâché et attristé de ne pas avoir réussi à protéger la femme de sa vie. Soudain, le Père Noël se souvient d'avoir vu un objet dans l'atelier que les lutins ne fabriquent pas. Les deux acolytes retournent donc à l'atelier. Le vieil homme corpulent trouve l'objet qu'il cherchait. Une scie. La regardant de plus près, celui-ci remarque des gouttes de sang sur la lame de l'objet, mais ne laisse rien paraître autour de lui.

Il se retourne vers le Lutin farceur pour lui dire : Je vais aller prendre l'air seul. Ne m'attends pas, je vais revenir un peu plus tard.

Le Père Noël sort de la pièce et une fois à l'extérieur il marche jusqu'à trouver une roche qui peut supporter son poids et s'y assoit. L'homme au costume rouge se prend la tête entre les mains pendant cinq bonnes minutes et essaie de respirer. Les éléments se mettent en place peu à peu.

Une fois calmé, celui-ci relève la tête et remarque un peu plus loin une tache de sang dans la neige. Une fois tout près, il remarque un chemin de sang. Le Père Noël suit le chemin et plus il s'enfonce dans les bois, plus celui-ci commence à comprendre que cela doit être le sang de la personne la plus importante de sa vie.

Mais ce dont il ne se souvient pas, c'est qu'il a lui-même causé la disparition et la mort de la Mère Noël. Alors qu'il va découvrir où est le corps de celle-ci, le Père Noël glisse et tombe dans une tombe fraîchement creusée.

Auteure : Léa-Jade Gagné

Suite —

Les personnages étaient toujours rassemblés autour du "Journal Céleste" posé au sol, captivés par le film en noir et blanc qui s'y jouait. L'image vacilla une dernière fois. Le point de vue changea violemment. La caméra n'était plus extérieure, mais semblait maintenant filmée de l'intérieur d'une boîte, regardant vers le haut à travers les fissures brutes et éclatées entre des planches de bois. Les sons étaient étouffés, distants.

L'angle de vue était celui du fond d'un trou, regardant vers le haut. L'image à l'écran était encadrée par le rectangle sombre de la tombe. Une silhouette floue se tenait contre un ciel gris. La silhouette bougea. Sur la page animée, ils virent une pelle, lourdement chargée de terre noire, apparaître et occulter le peu de lumière qui restait.

La terre tomba.

Sur l'image, le dernier filet de lumière disparut en un instant alors qu'un ʒ **THUMP** ʒ lourd et sourd résonnait dans l'enregistrement. Simultanément, une bulle de son s'afficha sur la page, comme dans une bande dessinée, avec le mot

" ʒ **THUMP** ʒ " écrit à l'intérieur. La page du journal devint complètement noire.

Et à l'instant précis où la pelletée de terre frappa le cercueil dans l'histoire, un ʒ **CRUMP-THUMP** ʒ tonitruant s'écrasa sur le toit du Bar Céleste. Suivie d'une nouvelle Bulle de son dans le journal.

La structure entière gémie sous l'impact. Les bouteilles s'entrechoquèrent violemment sur les étagères. Une épaisse pluie de poussière, de suie et de débris anciens tomba des poutres du plafond.

Avant qu'ils ne puissent reprendre leur souffle, un deuxième ⟩ **THUD** ⟨ , plus sourd et plus lourd, frappa le toit, secouant à nouveau le bar. Sur la page maintenant noire, une nouvelle bulle de son, plus petite, apparut brièvement avec le mot " ⟩ **THUD** ⟨ ". Une autre vague de poussière tomba.

Mère Noël laissa échapper un hoquet étranglé, ses mains se plaquant sur sa bouche. Son regard passa de la page noire du journal au plafond vibrant.

"Il… il est en train de l'enterrer," murmura-t-elle, sa voix brisée.

Une troisième, puis une quatrième pelletée s'abattirent, le bruit perdant de sa clarté à chaque fois, devenant un grondement étouffé, puis un murmure lourd. À chaque impact, une bulle de son de plus en plus petite et estompée apparaissait sur la page. Chaque secousse devenait une vibration profonde qui semblait venir des entrailles de la Terre. Les lumières suspendues se balançaient, projetant des ombres dansantes et paniquées dans le nuage de poussière de plus en plus suffocant.

Apocalypse était sur ses pieds, scannant le plafond. Joseph, de sa flaque, avait mis son bras osseux sur sa tête. Cocotte couinait depuis son armoire.

Le bruit continua, s'atténuant encore, se transformant en un roulement lointain, comme un tonnerre qui s'éloigne… jusqu'à ce qu'un dernier murmure à peine perceptible se fasse entendre, suivi d'un silence absolu.

La poussière flottait lentement dans les faisceaux de lumière. Le bar ne tremblait plus. La page du journal redevint une simple feuille de papier inerte.

Dans le Bar Céleste régnait le silence d'une tombe.

(Trouvez le Jour 14 dans le calendrier et allez à la page indiquée)

Jour 18

"Pourquoi doit-on nettoyer encore?" demanda Cocotte, à quatre pattes sur le comptoir, un chiffon à la main.

"C'est simple," répliqua sèchement Mère Noël. "Si tu ne veux pas finir emballé dans un paquet cadeau avec une boule de sapin dans la gueule pour le restant de ton séjour ici…"

Joseph, qui aidait, frissonna. "Moi, j'ai été trop longtemps enfermé dans un bloc de glace. C'est sûr que je vais tout faire pour ne pas me retrouver coincé à nouveau."

Cocotte déterra la poupée vaudou, qui avait été ensevelie sous la saleté. Un sourire s'empara de son visage, ses oreilles se dressant. Il arrêta de gémir et s'assit sur le rebord du comptoir, époussetant grossièrement l'objet. "Ça ne veut pas s'enlever," gronda-t-il.

Pendant ce temps, Gaïa utilisait ses lianes pour soulever le mobilier alors qu'Apocalypse passait le balai, secondée par Mère Noël qui suivait avec la mope. Kerrak s'occupait de trimballer les malheureux d'un coin à l'autre, les cognant sans ménagement sur tout ce qui traînait dans son chemin, en même temps que Folie nettoyait le mur des inconscients.

Soudain, Cocotte se mit à frapper le comptoir avec la poupée en répétant : "La poussière ne veut pas s'enlever!"

Au même moment, le vrai Joseph fut soulevé dans les airs avant d'être projeté violemment contre le plancher, à répétition et au même rythme que le lapin cognait l'artefact. Dans un vacarme infernal, Joseph beugla de douleur. "Non, pas encore! Aïe! Ouf! Outch !"

"COCOTTE!" hurla Apocalypse, l'arrêtant net dans son élan.

Le bras en l'air, la poupée suspendue dans la même position que le pauvre malheureux, il releva les yeux et croisa le regard furieux d'Apocalypse. "Quoi?" demanda-t-il, un air surpris.

"Donne-moi la poupée," implora la conteuse d'histoires.

C'est à cet instant précis que Joseph comprit l'origine de la malédiction qui l'avait suivi jusqu'en enfer.

"Oui, oui, une minute, il reste encore un peu de poussière!" dit Cocotte. Il s'élança de toutes ses forces pour un dernier coup.

"NON!" cria à nouveau Apocalypse.

Mais il était trop tard. Le mouvement du lapin sembla ralentir le temps. Il percuta le rebord du comptoir et, la seconde suivante, le vrai Joseph se retrouva étampé au sol. Un bruit de craquement sinistre résonna. Son bras décharné se brisa au niveau du coude avant de revoler dans la pièce.

La Folie suivit le bras du regard, émettant un bruit enjoué. "Ouiiii!"

Apocalypse esquiva le membre, qui fut rattrapé au vol par Kerrak. "Je crois que le paquet d'os vient de perdre un bout," lâcha-t-il.

"Donne-moi ça!" dit Mère Noël en tentant de lui arracher de la main. Cependant, la poigne du colosse était trop forte et elle fut arrêtée net dans son mouvement. Il souleva le bras, entraînant la femme en rouge qui restait agrippée à l'os. Avec une expression de mécontentement, il murmura : "Un "s'il vous plaît" serait apprécié."

Cette réaction prit Mère Noël de court. Une brute avec un semblant de morale dans un trou perdu comme celui-ci, l'idée ne lui serait jamais venue à l'esprit. "Je vous en prie…" dit-elle, décontenancée. "Il faut le lui remettre le plus vite possible. Merci."

Kerrak la déposa et lâcha le bras avec un grognement nonchalant.

Apocalypse reprit la poupée et la déposa sur la table à côté du calendrier, ignorant les protestations du lapin. Joseph s'assit là où il était, Mère Noël à ses côtés. "Comment fait-on pour remettre ça à sa place?" demanda-t-elle.

"Ah, ce n'est rien, j'ai l'habitude," répondit Joseph. "Mais ça fait un mal de chien à chaque fois." Il replaça d'abord le radius, suivi du second os. Comme par magie, la main se mit à revivre. "Tu vois, tout fonctionne à nouveau." dit-il en faisant tourner son poignet. Puis, il regarda Apocalypse et demanda d'un ton colérique : "C'est quoi, cette poupée qui me ressemble?"

"Ça? Rien, vraiment. Deux fois rien. Une longue histoire..."

La reine des fêtes s'était rendue à la table, observant avec dégoût la poupée. "Si tu veux tout savoir, c'est une abomination qui n'aurait jamais dû exister. J'ai presque toutes les pièces. Qui d'autre a trouvé des morceaux?"

"Oui! Moi, j'en ai ramassé deux," répondit Joseph en se mettant debout et en sortant les pièces de l'une de ses poches.

"Justement, l'un de ceux dont on avait besoin," dit-elle en plaçant l'un d'entre eux.

Mais rien ne se produisit sur le moment. "Bon, je crois que le calendrier joue encore avec nous," déclara Mère Noël.

Ils continuèrent donc à nettoyer la place. Kerrak ramassa enfin les deux copies de Cupidon en demandant : "Sait-on lequel est le vrai Cupidon?"

"Aucune idée," répliqua Apocalypse.

"J'espère juste que ce n'est pas une copie produite par le calendrier, car on ne saura pas lequel renvoyer par le portail," répondit Mère Noël, de plus en plus anxieuse.

Les heures passèrent et toujours aucune réaction du calendrier. Cocotte avait rempli le lavabo d'eau chaude et prenait un bain tout en sirotant une bière quand, tout à coup, l'horloge du bar se mit à tourner à reculons dans un son de carillon inversé. Comme si le temps lui-même décidait de rebrousser chemin, chacun se sentit tiré en arrière, revoyant tout ce qu'il venait de faire ce jour-là se rejouer en accéléré.

"Non! Je ne veux pas avoir à refaire le ménage!" cria Cocotte, quand soudain, tout s'arrêta au son strident du téléphone.

L'interruption fut si brutale qu'elle leur donna un vertige collectif. Paralysés, ils observèrent la pièce. Tout semblait être revenu à la normale, à l'exception d'une chose : le téléphone sonnait toujours. "Il y a quelqu'un qui va répondre?" demanda Joseph.

L'hésitation était palpable. Apocalypse décrocha le combiné. "Allo?"

"C'est qui?" demanda Gaïa.

Apocalypse écarquillant les yeux. "Le mécanisme du calendrier," répondit-elle sèchement.

À cet instant, la pièce se mit à tourner autour d'eux, de plus en plus vite, jusqu'à ce que tout ne soit plus qu'une série de couleurs en mouvement. Puis, le tourbillon ralentit, laissant place à l'histoire du jour.

Médée au Coeur Tendre

Cela faisait des décennies que Malédiction, désormais connue sous le nom de Médée Dictus dans le monde des mortels, avait choisi de s'installer parmi les Humains. Cette entité ancestrale, devenue professeur d'histoire à l'université, en avait eu assez de jouer le rôle du mal incarné, un rôle imposé depuis sa création. Certes, semer le Mal avec un grand "M" et jeter des malédictions lui procurait toujours une certaine satisfaction, mais une question l'avait longuement hantée : sa nature était-elle véritablement une obligation? Après tout, peut-être aurait-elle pu avoir son Destin en main? Elle n'avait d'ailleurs plus croisé la personnification du Destin depuis plusieurs millénaires, mais elle se ferait un plaisir de l'interroger sur la question!

En vivant au plus près de ses cibles, elle s'était dit qu'elle perfectionnerait, innoverait ses futures malédictions. Autrefois d'apparence mince et éthérée, avec une peau d'un noir de jais bien brillant, Médée avait opté pour une silhouette plus humaine : une taille moyenne, des cheveux roux aux reflets bruns, un teint pâle et des yeux noisette, loin de la blancheur terrifiante qu'ils arboraient autrefois. Son visage, autrefois marqué par des symboles anciens, était désormais ordinaire, un choix qu'elle considérait idéal pour mieux comprendre les humains.

S'intégrer parmi eux aurait dû être une opportunité parfaite après ses longues vacances dans cette strate, et s'éloigner de l'Astral faisait du bien. Mais voilà, l'improbable était arrivé. Elle était tombée amoureuse. Qui aurait pu imaginer une telle aberration? Paix à l'âme de son défunt mari, ce cher August, qui avait fait naître des sentiments qu'elle croyait alors inexistants. Sa disparition dans des circonstances étranges la laissait avec un vide dans son cœur. Médée savait cependant que le responsable n'était pas humain, car dans l'état où il avait été retrouvé, avec des traces luminescentes sur le corps, ce fut indéniablement l'œuvre d'un immortel. Un être céleste était en jeu, et elle finirait par le retrouver.

"Maman? La marmite bout trop!"

Elle cligna des yeux, ramenée à la réalité. La nuit était tombée, d'après ce qu'elle apercevait par la fenêtre de la cuisine. Dans les jardins entretenus à l'extérieur, les décorations d'Halloween — des squelettes grandeur nature et des citrouilles illuminées — montraient l'atmosphère festive de cette période. Pour faire plaisir à son fils, Médée avait même décoré leur petite maison, un acte improbable à son sens, sachant ce qu'elle-même personnifiait aux yeux des mortels. À sa grande et inexplicable surprise, elle avait eu un enfant : son petit Eden. Cet être hybride rattachait Médée à ce plan d'existence. Par précaution, elle avait par ailleurs scellé ses pouvoirs pour éviter qu'il ne provoque un quelconque chaos dans le monde des Humains.

Elle se retourna vers lui avec un doux sourire. À sa naissance, son teint de nourrisson avait été anormalement pâle, et des symboles anciens, semblables à ceux qui marquaient autrefois la peau de Médée, étaient apparus sur son corps. Cependant, en deux claquements de doigts, Médée avait corrigé tout cela. Eden s'était alors retrouvé avec une épaisse crinière de cheveux roux, ainsi que des yeux vert vif, quant à eux hérités de son père.

"Oui, oui. J'étais dans mes pensées, Trésor. Tu es déjà rentré de ta soirée "*frousse*"?"

Elle s'empressa de baisser l'intensité de la plaque électrique où mijotaient les pâtes. Elle n'avait pas prévu que l'adolescent de treize ans dînerait avec elle ce soir. S'appuyant contre la cuisinière, les bras croisés, elle observa l'état déplorable de son enfant. Ses vêtements étaient déchirés, salis. Penaud, il baissa ses yeux émeraude vers le sol, tenant entre ses mains une statuette dorée représentant un pharaon. Médée reconnut alors la silhouette de Toutankhamon pour qui elle avait lancé autrefois une Malédiction que même les mortels dans ce présent ne pouvaient oublier!

"Cette invitation au coin du feu n'était donc pas une offrande de paix?" siffla-t-elle dangereusement. "Que tiens-tu en main?"

Il se recroquevilla. Ses lunettes de travers, ses yeux gonflés et son reniflement confirmaient ses propos.

"Ils… ils ont dit qu'ils avaient volé cette statuette dans un musée, je ne sais pas comment. Ils m'ont dit qu'elle est maudite. Et… ils voulaient que je creuse pour l'enterrer. Ils voulaient que je sois atteint par la présumée malédiction. Je… Maman, ils m'ont emmené bien loin en forêt, je n'ai pas compris ce qu'il s'est passé. À un moment donné, j'ai ressenti beaucoup de peur, et c'est comme si une vague d'énergie brute était sortie de mon corps. James, Denis, Marcus et Jean se sont retrouvés projetés aux quatre coins des arbres. Je me suis enfui. Ce n'est pas la première fois que des choses étranges se produisent. Peut-être qu'ils ont raison de me traiter *de monstre…*"

"C'en était trop!" Malédiction avait été bien trop magnanime ces dernières années. Elle ne permettrait plus qu'on touche à son fils. Ce n'était pas la première fois que cela arrivait. Peut-être avait-elle eu tort de brider ses pouvoirs? Ils ne seraient apparemment plus en stase pour bien longtemps.

Elle s'approcha de lui, releva doucement son menton et lui retira la statuette des mains.

"Va te doucher, mon chéri. Cette statuette n'a pas été volée dans un musée, et provient certainement d'un simple commerce. Nous aurons une conversation juste après toi et moi."

Elle l'enlaça avec force, embrassa tendrement sa tête et le laissa monter à l'étage.

Malédiction avait quelque chose à faire, comme… réellement maudire l'objet en question.

Reprendre son apparence primaire, cette haute silhouette mince et éthérée, était une sensation étrange. Sa peau noire de jais, brillante, allait leur donner une belle frousse. Médée observait du coin de l'œil les quatre jeunes réunis autour du feu de camp. Leur faire peur une bonne fois pour toutes leur servirait de leçon. Mais peut-être que remonter dans l'astral avec son fils était à envisager. Là-bas, elle pourrait découvrir qui était la personnification de son fils en tant qu'être divin.

Pour l'instant, sa robe noire, parsemée de cristaux ondulait dans l'air; elle était prête à agir. Malheureusement, n'étant pas sous forme humaine, elle ne pouvait complètement dissimuler les chaînes qui entouraient son cou. Ces chaînes, visibles sous sa forme primaire, lui rappelaient ce qu'elle avait été et ce qu'elle était toujours. Une fois encore, son apparence suffirait à les faire cauchemarder.

"Vous auriez vu la tête d'Eden..." rigolait l'un des garçons. "Par contre, cette bourrasque de vent sortie de nulle part était étrange, non?"

L'être désincarné ricana montrant ses dents noircies. Entre ses longs doigts crochus, la statue de Toutankhamon brillait sous le clair de lune. Au loin, elle aperçut un trou et une pelle abandonnée, que son fils avait dû être forcé d'utiliser. Médée ferma les yeux et insuffla une malédiction au sein de la statuette. Ces quatre gamins et leurs singeries devaient être punis. Mais, tiens, ils pourraient devenir de vrais "singes", n'est-ce pas?

Un sourire moqueur étira ses lèvres noires. Elle sut alors que la sclère blanche, sans pupilles de ses yeux, brillait intensément. Son pouvoir se modela à son désir, et l'or de la statue scintilla vivement avant de retrouver son éclat normal.

Elle glissa silencieusement auprès d'eux, ravie de sentir ses pouvoirs s'étendre à nouveau avec puissance.

"Si vous vouliez *une vraie malédiction*, il fallait me le dire. Vous allez réfléchir un peu aux conséquences de vos actes envers les autres."

Elle rit d'un air mauvais.

"… enfin, si votre instinct animal ne prend pas le dessus."

Les adolescents tournèrent la tête d'un même mouvement en entendant sa voix rauque. Ils se figèrent, bouche bée, avant de hurler de peur. Alors qu'ils tentaient de s'enfuir, Médée leva la statue devant eux. Elle s'illumina, et un faisceau lumineux toucha leur poitrine respective.

Ils se transformèrent en adorables petits singes, qui se mirent à piailler frénétiquement, se retournant les uns vers les autres, terrifiés.

Médée, ou Malédiction, croisa les bras avec satisfaction. Pour briser la malédiction, il faudrait que ces gamins, ou singes désormais, cassent la statue en trois morceaux distincts. Restait encore à voir s'ils n'allaient pas oublier qu'ils avaient été des humains.

"Mam… Maman?"

Elle se retourna brusquement et aperçut la tignasse rousse d'Eden. Caché derrière un arbre, il n'était pas allé à la douche, et l'avait donc suivie sans qu'elle ne s'en rende compte. Ses yeux étaient écarquillés de peur et d'incompréhension. Intérieurement, elle blêmit.

"Trésor?" lâcha-t-elle d'une voix rauque. "*Que fais-tu là ?*"

"Qu'est-ce que… qu'est-ce que tu es ?" balbutia Eden. "Et comment… comment les as-tu transformés en chimpanzés ?"

"Je vais t'expliquer. Approche. N'aie pas peur. Nous devons partir d'ici. Et je t'expliquerai tout. Il est temps, mon enfant."

Eden sortit timidement de derrière le tronc d'arbre ; ses yeux émeraude la fixaient d'un air indéchiffrable. Malgré sa peur, Eden attrapa ses doigts crochus. Elle caressa doucement la paume de son fils, tandis qu'il observait sa main, non pas avec dégoût, mais avec une vive curiosité.

"Tu n'es pas du tout humaine, souffla-t-il."

Il releva la tête pour analyser son faciès divin sous toutes les coutures.

"Non, et tu es un hybride toi aussi. Viens, mon fils. Comme je te l'ai dit, je vais tout te révéler."

Eden blêmit, mais ses yeux émeraude s'éclairèrent comme s'il comprenait toutes ces étrangetés qui l'avaient toujours entouré. Quitter la strate humaine était décidément ce qu'il y avait de mieux à faire. Médée s'avança vers le trou qui avait été creusé et agita sa main libre avec adresse.

Le vent se leva, une étrange énergie émana du trou et tourbillonna sur elle-même, avalant feuilles, bûche du feu de camp, ainsi que les paquets de sucreries que les quatre adolescents, devenus singes, avaient consommés durant leur soirée "frousse".

Médée adressa à Eden un doux sourire. Eden lui répondit timidement, visiblement plus intrigué qu'effrayé par la véritable apparence de sa mère.

"C'est… c'est… quoi, Maman ?"

"Un portail, chéri. Nous allons là où est notre place, Eden."

Il acquiesça avec un peu d'appréhension.

"Ensemble ?" osa-t-il demander.

"Ensemble. Toujours, chéri."

Malédiction essayait d'adopter une voix douce, ce qui était difficile à faire sous sa forme divine.

Il hocha lentement la tête ; elle pouvait entendre le cœur de son héritier battre frénétiquement contre sa cage thoracique grâce à son ouïe surdéveloppée.

"Je te fais confiance, maman. Tu n'es peut-être pas humaine, mais… mais tu m'as toujours aimé comme je suis. Et peu importe à quoi tu ressembles, *je t'aime.*"

Elle ne pouvait pas pleurer sous cette forme, mais vivre sur ce plan aussi longtemps avait définitivement éveillé en elle de nombreuses émotions. Son cœur, devenu tendre, se gonfla d'Amour avec un grand A pour l'être qu'elle avait porté en son sein durant plusieurs mois.

"Moi aussi je t'aime plus que tout, mon chéri. Mais, si tu me fais confiance, tiens bien ma main. On saute à trois."

"Un…"

Ses doigts osseux se refermèrent délicatement sur la paume de son fils.

"Deux…"

Eden inspira et expira pour se détendre. Médée loua intérieurement sa bravoure.

"Trois…"

Ils prirent leur impulsion et sautèrent ensemble à l'intérieur du portail. Aussitôt, un étrange courant d'air s'infiltra entre ses doigts. Elle ne sentait plus la main de son fils.

Malédiction paniqua. Elle hurla de peur et son cri résonna dans le tourbillon d'énergie divine. Elle chercha, en vain, frénétiquement la main de son petit Eden.

Auteure : Christina Damico

Suite —

Les images tourbillonnantes se brouillèrent, et dans le vortex de couleurs, des cris d'agonie se firent entendre, glaçant le sang. Lorsque l'effet se dissipa et que la vision du bar redevint normale, les cris et les pleurs, eux, n'avaient pas cessé.

Au centre de la pièce, une femme était assise sur ses talons, le visage enfoui dans ses mains, pleurant à chaudes larmes.

Joseph fut le premier à s'approcher, sa démarche claudicante rendue plus douce par l'inquiétude. "Madame? Madame, que vous arrive-t-il?" Tous les autres avaient reconnu Malédiction, mais la question de l'estropié était aussi la leur; ils attendaient une réponse.

Elle arrêta de pleurer et leva son regard vers Joseph. Il put voir le désarroi dans ses yeux, un reflet de tempête en plein océan où chaque vague laissait s'échapper une nouvelle larme.

"On m'a volé mon enfant," dit-elle, sa voix étouffée par un sanglot. "Je suis maudite. J'ai connu l'amour, et je l'ai perdu à tout jamais."

La femme semblait inconsolable.

Cocotte s'approcha à son tour et, avec un air de compassion surprenant, lui tendit un mouchoir qu'elle accepta. Puis, comme si l'empathie l'avait déjà oublié, il déclara d'un ton sentencieux : "La malédiction d'une Malédiction. Quelle ironie."

Apocalypse s'approcha de Gaïa et de Mère Noël. "C'est nouveau, ça?"

"Quoi donc?" demanda Gaïa, qui ne comprenait pas.

"Qu'elle se souvienne… qu'elle se souvienne de tout," répliqua Mère Noël, comme perdue dans ses pensées. "Les règles ont changé. Et le danger…"

Elle laissa sa phrase en suspens, provoquant la réaction d'Apocalypse. "Le danger?"

"Le danger est bien présent," reprit Mère Noël. "Le calendrier devient trop imprévisible. Il cherche à nous contacter, je crois. Qui sait ce qu'il pourrait faire."

(Trouvez le Jour 19 dans le calendrier et allez à la page indiquée)

Jour 6

La scène avait pris tout le monde de court; nul n'avait osé bouger jusqu'à ce qu'Apocalypse interpelle Cocotte. "Toi! Viens ici et dis-moi où tu as mis Joseph."

Le lapin leva vers elle un regard paniqué, tremblant plus qu'un palmier en plein ouragan.

Gaïa s'interposa. "Tu ne vois pas que tu l'effraies? Pauvre petit", dit-elle en le serrant doucement contre elle. C'est alors que Mère Noël prit la parole, la voix tranchante. "Je crois qu'il est vital de savoir où se trouve ce pantin maudit. Est-il encore ici, ou bien votre négligence l'a-t-elle projeté dans les méandres du calendrier?"

"Il… il était dans le tiroir à glace," balbutia-t-il enfin.

"Espérons qu'il a encore tous ses morceaux," déclara Apocalypse ironiquement le bras dans la main. Elle se précipita derrière le comptoir. Elle fouilla dans la glace et en extirpa une poupée rigide comme une chemise oubliée sur une corde en hiver. Mais à peine l'avait-elle sortie qu'un craquement résonna : le véritable Joseph venait de remuer, prisonnier du bloc glacé qui l'avait retenu jusqu'aux Enfers. Sans aucun doute, il avait senti la poupée toucher l'air tiède, réveillant son esprit tourmenté.

La Reine de Noël soupira de soulagement en le voyant. "Peut-on avancer sur le calendrier maintenant que nous l'avons retrouvé? Et toi, Apocalypse, ta quête achevée, vas-tu enfin nous prêter main-forte?"

Gaïa remarqua l'ombre de déception dans les yeux d'Apocalypse. Celle-ci semblait étrangement attachée à Joseph. Elle déposa Cocotte sur un banc, puis tendit la main. "Donne, je vais l'arranger."

Apocalypse lui remit le pantin sans un mot et rejoignit Mère Noël, dissimulant ses émotions.

Assise, Gaïa posa Joseph sur ses genoux. Elle leva l'index vers le plafond et laissa s'échapper une mélodie fragile, entre chant d'oiseau et voix de cristal. Au bout de son doigt, une rose naquit, ses épines courant le long de la tige. Elle en cassa une, laissant la fleur choir sur le comptoir. Toujours en fredonnant, elle piqua l'épine dans le bras arraché : la fibre s'étira en une liane verte qu'elle guida jusqu'à l'épaule, ressoudant les deux parties. Son chant se fit murmure, caresse, jusqu'à ce que le bras fût recousu, intact.

À ce moment précis, un rire strident déchira le silence. Cocotte, en train de picorer des cacahuètes, s'étrangla presque. "C'est quoi, ça?"

Apocalypse esquissa un sourire sombre. "Il semblerait que la Folie ait survécu. Elle vient de se manifester."

Un fragment du calendrier se détacha et s'éleva dans les airs. Mère Noël recula brusquement, sa chaise grinçant sur le plancher. Le morceau tourna sur lui-même comme examiné par une main invisible, puis redescendit en douceur, complétant le casse-tête.

Le mécanisme s'anima, régulier d'abord : tic-tac, comme un pendule huilé. Puis, d'un coup sec, il s'emballa, projetant les pièces éparpillées sur la table aux quatre coins de la salle. Le rire de la Folie retentit de nouveau, plus aigu, plus proche. Le calendrier ralentit soudain, et la pièce entière sembla se mettre à tourner. Plus le bois se figeait, plus les murs tourbillonnaient, déformant la réalité.

Les clients, pris de vertige, virent leurs yeux se voiler de noir. Le ricanement se dissipa dans l'éther, remplacé par une vision : l'image mentale de la prochaine histoire qui s'ouvrait devant eux.

La Vallée de Jaspéria

Dans la vallée de Jaspéria se trouvait un petit village nommé Mira. Sylas le sage y habitait depuis sa naissance. Il avait hérité des pouvoirs de sa mère Zéphyra qui était morte à sa naissance et avait étudié auprès d'un grand druide.

Son père Romain l'avait abandonné à l'entrée de la grotte de sa mère, la reine Sophia, alors qu'il n'avait que neuf jours. Elle l'avait pris sous son aile et l'avait élevé comme son propre fils. La grande dame avait aussi de puissants pouvoirs qu'elle pouvait enseigner à son petit-fils. Une grande robe tissée d'éléments naturels lui serait remise le jour de ses douze ans, âge du début de l'adolescence.

***

Plusieurs années plus tard, Sylas était devenu un vieil homme solitaire. Par ses yeux bleus, il était capable d'hypnotiser n'importe quel animal pour le transformer en festin pour son village. Le vieil homme pouvait déclencher une tempête par sa simple pensée ou même allumer un grand feu de joie en fixant le soleil. Ses longs doigts de bois servaient de perchoir pour les oiseaux. Sa grande barbe d'un blanc soyeux était entrelacée de lianes et de racines qu'il utilisait pour la fabrication de remèdes.

Aujourd'hui tous étaient réunis pour fêter l'arrivée du printemps. Le druide magicien avait invoqué l'esprit de l'eau et une chute majestueuse était apparue au milieu de la vallée. Petits et grands pouvaient profiter du bon temps.

"Bienvenue à la fête annuelle de Jaspéria!"

"Un festin et des breuvages vous seront servis un peu plus tard. En attendant, amusez-vous et profitez de cette belle journée pour vous faire de nouveaux amis."

Sylas avait transformé une petite souris en poney pour que les enfants puissent se balader et tous étaient émerveillés.

"Les enfants restez calmes, chacun aura son tour sur le dos de Guguss."

Le cheval gambadait à travers un grand champ quand tout d'un coup le vent se souleva. Plusieurs coups de tonnerre se firent entendre et les éclairs se multiplièrent. Les villageois étaient pris de panique et les enfants criaient. Le petit cheval apeuré courut dans tous les sens et piétina les gens sur son passage. Sylas essayait de calmer la tempête en récitant un rituel magique.

"Forces du vent, je vous implore de rester calmes."

Les pierres de jaspe rouges qui ornaient ses vêtements se mirent à briller de mille feux et une chaleur intense s'en dégagea. Par ses yeux de couleur ciel, Sylas fit appel à la sagesse de sa grand-mère en espérant qu'elle puisse l'aider à mettre fin au déchaînement des forces de la nature, mais il avait plutôt invoqué quelque chose de surnaturel et de très violent.

"Que se passe-t-il? Se demanda Sylas."

Le druide n'avait jamais rien vu de semblable dans la vallée de Jaspéria. Habituellement, il faisait toujours beau et chaud, sauf chaque après-midi à treize heures précises; la défunte Zéphira déversait son torrent de larmes pour nourrir les champs durant quinze minutes. Ensuite, la douceur de la nature revenait, mais pas aujourd'hui. Le tonnerre se rapprochait dangereusement et les éclairs étaient de plus en plus nombreux. La colère du ciel cracha un torrent de fils lumineux sur tous les arbres du village. Le souffle du vent transforma le feu de joie en un immense brasier qui brûla tout sur son passage.

Sylas était découragé, mais tenait plus que tout à sauver tous les habitants du village. Il finit par apercevoir un petit serpent qu'il transforma en dragon cracheur d'eau, mais la nature déchaînée le fit paniquer et il s'enfuit en piétinant chaque enfant qui se trouvait sur son chemin. Les parents se retournèrent tous contre le vieil homme en lui lançant des briques pour l'assommer. Ceux qui étaient auparavant ses amis étaient devenus ses pires ennemis. L'homme aux pouvoirs savait que plus rien ne serait comme avant et il espérait trouver une solution avant que son village disparaisse à tout jamais.

***

Plusieurs années auparavant, le druide avait découvert un vieux puits abandonné dans les bois. Il ne se souvenait plus de l'endroit exact, mais avait bien l'intention de le retrouver en utilisant ses pouvoirs magiques. Il avait bien l'intention de sauver la vallée de Jaspéria et ne supporterait pas d'échouer. Il chercha le moindre petit indice susceptible de pouvoir l'aider à retrouver le chemin de la source d'eau.

"Dieu de la terre, pourriez-vous s'il vous plaît m'aider à retrouver le puits magique?"

"Sylas, tu devras réparer tes erreurs du passé si tu souhaites recevoir de mon aide."

L'homme âgé ne comprenait pas ce que Dieu voulait dire et décida de continuer son chemin dans l'ignorance. Le vent soufflait de plus en plus fort et Sylas devait courir pour fuir le feu qui gagnait en force et en vitesse sans regarder derrière.

Le druide finit par tomber dans un trou invisible que lui seul sembla voir.

Auteure : Pascale Laf

Suite —

Toujours suspendus dans la noirceur de leurs esprits, les clients du bar virent Sylas les rejoindre. Il sembla emprunter le même tunnel sombre qu'eux, sa chute s'interrompant brusquement pour le laisser flotter à leur hauteur, dans ce vide sans fin. L'incompréhension et la panique se lisaient dans ses yeux, aussi amères que la sueur qui perlait sur son front. Il paraissait distinguer les présences flottant autour de lui dans cet entonnoir infini, sans toutefois pouvoir les reconnaître.

Puis, aussi soudainement qu'ils y étaient tombés, tous furent expulsés de ce manège démentiel, projetés comme des balles de fusil. Chacun retomba lourdement là où il se trouvait auparavant. Apocalypse et Mère Noël s'affalèrent, inconscientes, sur leurs chaises respectives, de part et d'autre du calendrier. Gaïa rebondit sur le banc avant de glisser sur le plancher, elle aussi dans les vapes. Cocotte roula sur toute la longueur du comptoir, terminant sa course dans le bac à ordures avec un bruit sourd.

Le dernier à être éjecté fut le druide. Dans sa chute, il atterrit en plein sur le paquet contenant le véritable Joseph, arrachant le papier d'emballage au passage.

(Trouvez le Jour 7 dans le calendrier et allez à la page indiquée)

Jour 23

Kerrak et la Folie cherchaient un moyen de recoller la statue de Désolation, se demandant si elle avait survécu à l'intérieur. Cupidon et Rupture discutaient en secret dans un coin, ne se lâchant pas d'un pouce; leur séparation physique ne les avait pas vraiment éloignés. Gaïa faisait le tour des inconscients, s'assurant de leur confort, s'attardant particulièrement sur Malédiction qui ronflait à gorge déployée.

Pour sa part, Mère Noël avait commencé un rituel. "Le 24 au soir approche," disait-elle pour elle-même. "Pour nous, l'année finit ce jour-là. On dit que l'année meurt, emballée. Puis, le lendemain, on l'enterre avec la surprise des cadeaux.

Afin de garder nos cœurs et nos corps au chaud, nous avons pour habitude de faire réchauffer un pichet de vin rouge dans une grande marmite, avec un peu de beurre, et de le porter à petit bouillon."

La voir aller avait une allure mystique, presque sacrée. Elle ne faisait pas que cuisiner un breuvage; elle dansait devant la cuisinière. Une tasse de sirop d'érable et un peu de miel pour combler la quantité manquante. La cannelle ne fut pas seulement râpée, mais transformée en mélodie sur la planche. Un tambourinage de clous de girofle et d'anis étoilé au fond d'un mortier. D'un tour de poignet, elle fit apparaître une poignée de safran qu'elle dilua délicatement dans le liquide carmin.

Elle se tourna vers eux, une lueur ancienne dans le regard. "Ce soir, nous sommes le 23. Telle est la coutume. Nous allons nous réchauffer. Espérons que ce ne soit pas la mort de nos histoires."

Une fois le breuvage prêt, elle fit la tournée générale. Le nectar chaud et épicé prit la relève, et la soirée devint mémorablement floue.

Les heures s'écoulèrent au rythme des verres qui se vidaient et des rires qui fusaient. La tension des derniers jours se dissolvait dans l'alcool. Apocalypse se lança dans un bras de fer contre Kerrak. Même Joseph, pour une fois, semblait presque joyeux.

Finalement, quelqu'un, à un moment donné, posa la dernière pièce du puzzle en pierre pétrifiée.

Mais personne ne pourrait jamais dire qui.

Personne ne pourrait non plus se souvenir de comment l'histoire s'était manifestée. Le seul souvenir qu'ils partagèrent le lendemain fut celui de bribes confuses, de fragments d'une vision qui s'était enclenchée, d'une manière ou d'une autre, au milieu de leur beuverie.

Une chose était sûre : l'histoire avait bien commencé.

Mort et Vivant?

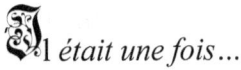Il *était une fois...*

Hé oui, beaucoup d'histoires commencent ainsi.

C'étaient quatre amis marginalisés et rejetés par la société. Considérés, possédés et déments, la plupart vêtus de façon démoniaque, effrayaient les passants. Pratiquant des séances occultes et dangereuses du monde paranormal, ils se vouaient corps et âme aux succubes et aux entités machiavéliques en quête de pouvoir et de puissance menant à des pactes terrifiants.

Ils furent transformés par un événement mystérieux en créatures de semi-lumière arpentant une terre en ruines, et ce, bien avant notre ère. Cette cohorte se fait maintenant appeler : la sororité de Méphistophélès et se dit les représentants de l'Ange des Ténèbres. Gare à quiconque ose s'en approcher!

Tournant la page sur leur passé chaotique, ils ont choisi de nouveaux noms et ont élu domicile dans une ancienne abbaye. Évoluant ainsi, à l'écart du peu d'individus ayant survécu qui se trimballent comme de pauvres larves cherchant une façon de mettre fin à une vie qui se veut éternelle.

Ils regrettent leur bonté et leur charité humaines envers les responsables de tout ce chaos terrestre. Il aurait mieux valu qu'ils les exterminent comme de vulgaires coquerelles et les déchiquètent en morceaux pour les donner en pâture aux animaux sauvages, ainsi, peut-être auraient-ils pu garder un peu d'humanité, de dignité.

Ils se nourrissent de ce qu'ils trouvent dans les abattoirs et des corps qu'Angélica vide de leur sang, les laissant choir à demi vivants, se tortillant de douleur.

Vêtue d'une longue robe en soie blanche, on croirait une jeune mariée. On dirait un ange. De là, son nom.

Ne vous fiez pas à son apparence, au zénith de la lune, elle se transforme en horrible créature. Si elle n'a pas trouvé de malheureux à se mettre sous la dent, elle se tourne vers Mort, son éternel amoureux qui l'attend patiemment avec quelques macchabées.

Habillé de sa robe noire aux allures gothiques d'un temps très, très lointain, son capuchon cache son visage, on ne peut qu'entrevoir quelques dents pourries entourées de lèvres pâles parées d'une cicatrice déformante. D'un pas lent et mesuré, la faux à la main, il fait sa tournée à la recherche de dépannage pour Angélica, son adorée et ce, depuis déjà quelques vies terrestres. Sa silhouette élancée, voire squelettique, fait peur à quiconque croise son chemin.

Au quatrième étage, pendant les préparatifs et dans l'attente que les autres la rejoignent, Komodo eut une vision. L'exécution de Jeanne d'Arc, accusée de sorcellerie et dont elle fut le bourreau. Triste souvenir inopportun, se dit-elle.

Soudain, les compères se regardent l'air inquiet, quelque chose flotte dans l'air, une entité est présente et les surveille. Invisible à l'œil, inodore, cela n'annonce rien de bon. L'ignorant, ils commencent leurs mystérieuses incantations. Mort s'assoit par terre, jambes croisées, mains jointes et yeux clos.

Komodo, tiraillée entre son désir de devenir pleinement humaine et les avantages fascinants de l'erreur de la nature d'être mi-reptilienne, possède un don de voyance extrêmement précis, lui permettant d'avoir une nouvelle vision. Cette fois-ci, la peur au ventre, elle sent son cœur battre trop rapidement, comme ses écailles qui se dressent et dispersent l'odeur nauséabonde la protégeant d'éventuels prédateurs. Mais, sa défense ne lui servira à rien. Cette nouvelle vision est claire, un affrontement incommensurable des esprits présents déterminera la suite qui pourrait être fatale.

Mort l'a trouvée cachée derrière une pierre tombale. Amaigrie et agonisante, elle lui a tendu sa patte tremblante dans un dernier espoir. Sous les jeux de lumière de l'aurore croissante, il n'a pas vu ses larmes se déverser sur ses joues écaillées. Rejoignant le groupe, elle souhaite un jour que son apparence se modifie.

Angélica, prenant la relève, s'agenouille au milieu du pentagramme. S'approchant d'une vétuste table en demi-lune au vernis usé, elle la recouvre d'un drap noir occultant, plaçant divers objets précieux sans oublier les chandelles noires comme l'Eden.

Komodo, et ce n'est pas sans d'incroyables efforts que malgré son handicap à la patte, les a trouvés lors de ses recherches, sous un répugnant amas de corps en putréfaction. Cet accident, lors de la 21e guerre des Extra-soucoupés, l'a laissée dans un coma interminable avec un éclat de bombe provenant de leur étoile dorée.

Après avoir tracé les symboles secrets dont elle seule est l'experte et certifiée de l'école invisible du Dragon des Cerisiers Blancs en l'an "Cheon-Palbake Nyeon", Mort dit : Nous ne souhaitons pas la présence, de cette entité, vite! Par précaution, ajoute le symbole de Râ!

Le tout achevé, mains jointes et têtes baissées dans leurs capuchons, ils débutent à voix très, très basse, un marmonnement irritant (on pourrait croire à une multitude d'insectes entrant dans nos frêles oreilles. Imaginez…) une incantation, tirée du vieux grimoire Clavicula Salomonis celui nommé : *Lemegeton.* Évoquant la source du mal, et s'y abreuvant pour obtenir plus de gouvernance éternelle sur cette terre maudite qui détruit au fil des millénaires.

Soudainement, sorti de leur transe, sans rien y comprendre, tout s'arrête. Les chandelles s'éteignent, les lampadaires clignotent jusqu'à une dernière lueur. Le vent souffle si fort que par les fenêtres on voit des morceaux de tous genres virevolter dans les airs. L'électricité est coupée. Murs et planchers de l'abbaye tremblent, il fait nuit noire. La ville tombe brusquement dans un silence, inquiétant.

Malgré leurs visages habituellement impassibles, la peur se décèle dans leurs regards, auraient-ils commis une erreur lors de leurs incantations? Ou est-ce une expiation de péchés anciens? Un retour du Karma?

Qu'en sais-je...

C'est alors que Mort ouvrit la bouche pour crier mais, aucun son n'en sortit... Ses yeux s'écarquillèrent devant l'effroyable vision. L'horloge du temps défaillante, amena l'aurore qui se leva et ne s'arrêta jamais. Chaque rayon les brûla jusqu'à ce qu'ils disparaissent on ne sait où.

Auteure : Jas Lavoie

Suite —

L'horloge du bar se mit à crier. Non pas un "coucou", mais le sifflet strident d'un train à vapeur dont la chaudière aurait été chauffée à blanc.

Le réveil fut brutal. Les inconscients, pour certains pour la première fois depuis leur retour, se réveillèrent en sursaut. Pour les fêtards de la veille, ce fut comme un coup de poêle en fonte en pleine tronche.

Ce n'était ni un petit oiseau ni une licorne qui sortit de la porte de l'horloge. C'était une figure bien connue. C'était Mort, qui venait de revenir en traversant le portail du cadran.

Une cacophonie de pensées et de discussions confuses emplit le bar. Seul Joseph resta en retrait, ne sachant trop quoi dire face à ce nouveau chaos. Cocotte s'approcha de lui. "Ça fait beaucoup de monde, non?"

"Oui… Qui est le dernier venu?" demanda Joseph.

"Ah, ça, c'est Mort. Le frère d'Apocalypse et d'Enterré."

"Enterré? Je ne le connais pas," reprit Joseph.

"Tu vas le rencontrer un jour, c'est sûr," dit Cocotte. "Mais si tu veux, je vais te raconter une histoire en attendant. Ça va te donner une bonne idée du genre d'individu."

Joseph fit un signe de la tête.

"Tu vois, dans les premiers jours de mon arrivée, j'ai pu assister à cette scène…"

Voici Mort et son jumeau Enterré discutent tranquillement sur le coin du bar :

Mort : "Franchement, avec un nom comme le tien, t'es vraiment fait pour rester au fond des choses."

Enterré : "Peut-être, mais au moins, moi, je finis mon travail. Toi, tu laisses toujours les autres creuser!

Mort : "Eh, c'est pas ma faute si j'ai un emploi du temps chargé! Les gens s'accrochent à la vie comme si j'étais une mauvaise fréquentation."

Enterré : "Peut-être parce qu'ils savent qu'une fois qu'ils m'ont vu, c'est vraiment fini pour eux. Moi, au moins, je donne un lit douillet à tout le monde. Toi, tu fais juste la livraison express."

Mort : "Oh, pardon, Monsieur le Grand Hôtel sous-terrain! Mais sans moi, personne ne réserverait chez toi."

Enterré : "Et sans moi, tu serais juste un type qui balade des âmes en errance. Tu vois? On fait une bonne équipe!"

Mort : "Hmpf... Au moins, je ne suis pas obligé de rester dans la même fosse toute ma vie."

Enterré : "Peut-être, mais au moins, moi, j'ai une clientèle fidèle."

Et dans un coin, Vie soupire : "Et c'est moi qui dois supporter ces deux-là…"

Le père Noël pour le plaisir demande. "Enterré, rappelle-moi pourquoi tu n'es pas l'un des cavaliers d'Apocalypse?"

Enterré : "Parce qu'ils m'ont dit que j'étais trop définitif."

Mort : "Oh, arrête! La vraie raison, c'est qu'on ne peut pas te confier un cheval. T'es tellement lent que même ton ombre te double!"

Enterré : "Pardon?! C'est pas ma faute si je prends mon temps. Toi, tu fais tout à la chaîne, mais moi, je fais ça avec soin. Enterrer les gens, c'est un art."

Mort : "Un art? Sérieux? Alors pourquoi t'appelles ça une fosse commune quand t'as pas envie de te fatiguer?"

Enterré : "Parce que j'ai pas de stagiaire, MOI! En parlant de ça, tu devrais te recycler. Avec tout ce que tu laisses derrière, ça pollue l'ambiance."

Mort : "Eh bien, continue de creuser, frangin. T'iras peut-être jusqu'à trouver de l'humour."

Cocotte termina son récit avec un petit sourire satisfait. Joseph, lui, semblait encore plus confus qu'avant.

(Trouvez le Jour 24 dans le calendrier et allez à la page indiquée)

Jour 5

Le colis déballé, il s'agissait bel et bien de Joseph, le vrai, en chair et en os… et on pourrait même dire, en glace. Gaïa avait tenté de le dégeler avec sa maîtrise des éléments, mais comme Lucifer, elle n'aboutit à rien.

Apocalypse ferma les yeux, méditant un instant. Elle revoyait toutes les possibilités plausibles, et la seule qui lui parut logique était la poupée. "Mais où est cette satanée poupée?"

Elle aperçut Cocotte, debout sur le comptoir, en train de s'étirer de tout son long pour atteindre la poignée d'un fût de bière. "Je suis sûre que cette petite peste a quelque chose à voir avec sa disparition," se dit-elle.

Entre-temps, Gaïa et Mère Noël étaient retournées s'asseoir à leur table, ramassant morceau après morceau pour remettre les pièces en place.

"Aïe! Savez-vous quand l'un des revenants va finir par se réveiller? On commence à avoir l'air d'un asile rempli de zombies sous médocs, ici," s'exclama Cocotte juste avant de bondir dans les airs pour agripper la poignée de tirage.

Sous le regard accusateur d'Apocalypse, les pattes battant dans le vide, le nectar de houblon coulant à flots dans son pichet, il sentit un certain inconfort. Il détourna donc le regard et son attention se porta sur quelque chose qui avait été dissimulé derrière un des verres. Il se laissa retomber, avala la mousse qui écumait sur le dessus, puis en prit volontairement une grande goulée qui déborda de chaque côté, l'aspergeant au passage. D'un air innocent, il regarda Apocalypse, une moustache de mousse barrant son visage d'une oreille à l'autre. "T'en voulais? Je crois que j'en ai trop mis, il est comme… lourd."

Apocalypse, désemparée, répondit simplement : "N'oublie pas de nettoyer ton bordel," et alla, pour la première fois, rejoindre les deux autres femmes autour du calendrier.

Cocotte fit semblant de prendre une nouvelle gorgée, suivant discrètement du coin de l'œil Apocalypse qui s'éloignait. Avec un grand soupir, il fit un sourire soulagé et se pencha pour ramasser ce qui dépassait. "Ah, te voilà, toi?" murmura-il.

"Qu'as-tu trouvé?" demanda Apocalypse, qui avait flairé la supercherie et était revenue aussitôt aux abords du comptoir.

Sursautant, il plaça instinctivement les deux mains dans son dos. Ses oreilles tombèrent, sa tête suivit le mouvement et il se mit à bégayer. "Euh… Moi? Rien, pourquoi?"

Un petit bruit sourd retentit sur le comptoir. Cocotte se mit à donner doucement de petits coups de pied en arrière, croyant naïvement qu'en la fixant dans les yeux, sa vision ne verrait pas le bras de Joseph tomber par terre.

Apocalypse bondit sur le comptoir, attrapa le membre de tissu à la dernière minute. "Et ça, c'est quoi?"

"Ah, ça… Euh… Je sais pas, une cochonnerie sans intérêt que je viens de trouver sur le comptoir. Pourquoi?"

Gaïa, attirée par la conversation qui semblait s'envenimer, demanda : "Que se passe-t-il?"

"Je crois que notre petit ami ici sait exactement où se trouve Joseph."

Mère Noël fronça les sourcils. "On sait tous où est Joseph. Il est gelé et nous donne des frissons."

"Non, pas ce Joseph-là. La poupée vaudou de ce Joseph," dit Apocalypse en brandissant le bras de tissu dans les airs comme un bâton de majorette.

"Une quoi?!" demanda Mère Noël en se retournant brusquement. "Tu as quoi, ici?!"

À cet instant précis, Apocalypse comprit qu'en exposant Cocotte, elle venait de faire de même avec son propre secret. Mère Noël se leva, furieuse, quand Gaïa annonça : "Une autre de finie."

Le mécanisme n'avait plus son bruit de rouage, mais un son moqueur : "Nien-nien-na-nien-nien..." Un rire grave de film d'horreur résonna. La porte de la taverne s'ouvrit à nouveau et un gros bonhomme de boue entra dans la pièce. Courant comme un gamin surexcité, il bouscula tout sur son passage, un grand sourire fendu sur la boule qui lui servait de tête. Puis il fonça directement à l'opposé de la salle et alla s'encastrer dans le mur dans un éclaboussement de vase qui recouvrit les planches.

Et l'histoire commença. Sans couleur, elle se projeta dans cette terre magique, comme un spectacle de marionnettes.

Le Baveux

Un gang d'enfants le bousculait sans ménagement en courant dans le hall d'entrée de l'orphelinat.

"Faites donc attention avec vos sabots pleins de boue," maugréa-t-il. "Je viens de laver ce fichu plancher."

Personne ne fit attention à lui. Il était habitué aux moqueries, ou bien, à ce que les jeunes l'ignorent. Après tout, il était pratiquement considéré comme un meuble depuis le temps. Il vivait dans cet orphelinat depuis la guerre de boue avec les minotaures. Au lieu d'être grand, il était petit et trapu. Sa fourrure hirsute le recouvrait presque complètement, pas comme ses semblables, qui n'avaient, pour la plupart, qu'une fine et soyeuse fourrure à leurs pattes de boucs. Non, lui était complètement différent, ses pieds ressemblaient à ceux des hommes. Ce qui n'avantageait aucunement son physique. La plupart avaient leurs cornes droites, contrairement aux siennes, incurvées. Et on ne parlait même pas de ses yeux d'un jaune perçant qui en avaient effrayé plus d'un. Ses semblables avaient un regard doux qui jouait entre le jaune et le brun, mais la couleur de ses iris, c'était un cas particulier.

Il prit sa serpillière et se mit à frotter le sol recouvert de saletés par les petits satyres qui venaient d'entrer. Un ballon bleu roula jusqu'à lui. Il s'arrêta et l'observa ne sachant que faire, hésitant à le toucher. D'un air grognon il évalua l'objet comme si l'objet lui avait manqué de respect. Une petite satyre, portant une robe déchirée, arriva pour le récupérer. Lorsqu'elle le vit, elle s'arrêta, semblant effrayée.

"Les ballons c'est à l'extérieur," grogna-t-il d'un ton mesquin sans oser toucher l'objet.

"Dé… désolé Monsieur Baveux," marmonna la petite, horrifiée en observant les bottes usées qu'il portait.

Il fit une drôle de grimace moqueuse. Lui-même ne se rappelait plus son vrai nom à force de se faire nommer ainsi, mais aussi à cause de l'incroyable quantité d'alcool qu'il pouvait ingurgiter dans une journée pour oublier sa vie de malheur. Ce surnom lui avait été attribué surtout parce qu'il aimait raconter toutes sortes d'histoires sur les autres. D'un air malicieux, il observa l'enfant et lui dit :

"Si je revois ce ballon ici, toi, tu ne le reverras plus jamais."

La gamine, toujours figée devant lui, hocha la tête nerveusement. Ses yeux allaient de lui au ballon, incertaine de ce qu'elle devait faire.

"Bon d'accord, je te le renvoie," grommela-t-il en ramassant le ballon.

Il s'apprêta à le lancer le jouet vers la petite, mais en avançant son pied, il glissa sur une petite flaque de boue que des enfants avaient faite un peu plutôt, il s'effondra bruyamment sur son postérieur.

La bambine sursauta avant de plaquer ses mains sur sa bouche pour réprimer un fou rire.

"Qu'est-ce que tu regardes toi?" rugit Baveux le visage rouge de frustration.

Sans demander son reste, elle attrapa le ballon, qui avait roulé à ses pieds, et détala à toute vitesse rejoindre un petit mâle qui l'attendait à l'extérieur.

"Que s'est-il passé?" demanda le garçon en regardant Baveux se relever.

"Il… il a grogné comme un vieux bouc fâché."

Ils éclatèrent de rire en disparaissant dans la cour. Baveux les observa en soupirant : "Argh… Je suis trop vieux pour ce genre de truc."

Il reprit sa serpillière et son travail, le cul endolori et l'égo légèrement froissé, en ayant hâte de rentrer dans la modeste maison que le directeur de l'orphelinat lui avait léguée en échange de ces services d'entretien dans le bâtiment. Il s'impatientait de s'enfiler une nouvelle bouteille de whisky. L'orphelinat se trouvait sur l'ancien terrain de guerre qui datait d'il ne se rappelait plus combien d'années. Un conflit ridicule auquel il avait participé, par un défi ennuyeux. Il avait dû affronter dans une fosse boueuse? L'un des meilleurs minotaures. Il était excellent pour raconter n'importe quoi, mais pour un combat à mains nues, c'était une tout autre histoire. Il s'était retrouvé dans cette fâcheuse situation parce qu'il avait insinué qu'il était un combattant hors pair. Tête de mule comme il était, il était resté debout, mais très vite il s'était ramassé au tapis et à présent il se retrouve dans cet orphelinat à boire, car aucun autre établissement ne voulait d'un perdant. Il continua son travail en soupirant.

Il quitta l'orphelinat à dix-huit heures, il avait pris un moment pour partager une bouteille, qu'il avait pratiquement bu seul en mangeant un morceau avec Cookie la cuisinière. C'était la seule qui le respectait. Le soleil se couchait déjà lorsqu'il sortit à l'extérieur. Il était déjà pas mal avancé dans sa consommation d'alcool. Cookie lui avait laissé une bouteille de vin. Il la but en se rendant à sa petite chaumière. Il connaissait le chemin par cœur, donc il ne fit pas gaffe où il mettait les pieds. Il en avait assez de sa misérable vie, depuis sa défaite contre ce minotaure, et son seul réconfort était l'alcool et ses discussions avec Cookie. Il cala la bouteille de vin et juste pour le plaisir la lança loin devant lui. Il reprit sa marche en vacillant et se sentit très étourdi, lorsqu'il s'effondra de fatigue sur l'ancien champ de bataille désert.

Suite —

L'histoire s'était arrêtée, laissant les images et les formes de boue figées sur le mur. Apocalypse se retourna, pointant un doigt accusateur sur Cocotte. "Toi, tu vas me…"

Un bruit humide l'interrompit. Le théâtre de terre venait de se ranimer. Telle une masse gluante, la boue se rassembla au centre pour former une butte suspendue aux planches du mur. Soudain, de petites formes de golems miniatures explosèrent du sommet, dévalant les parois les uns après les autres. En forme de petits personnages, une épée à la main, ils se mirent à se battre entre eux.

Le premier fut frappé au cœur. Dans un cri aigu et minuscule, il tomba à genoux dans un mouvement exagérément théâtral. "Aaah… Je meurs…" La boue de son corps sécha, durcit, puis tomba au sol en une petite coulée de poussière. Il fut aussitôt suivi d'un autre qui s'effondra sous l'assaut d'un compagnon.

Gaïa regarda Mère Noël en se grattant la tête. "L'histoire n'était-elle pas finie?"

"Je le croyais aussi," répondit Mère Noël. Sur ces mots, la scène s'arrêta aussi brusquement qu'elle avait débuté. Tous regardèrent la fresque de boue, maintenant inerte. "Je crois que c'est bel et bien fini, là," conclut Mère Noël, rompant le silence.

Apocalypse ramena son attention sur Cocotte, qui s'exclama aussitôt : "Je sais rien, je te le jure sur un jardin de carottes! Je…"

Il ne put finir sa phrase. Sans que personne ne s'en doute, les petits golems avaient repris vie, mais cette fois-ci, leurs regards étaient dirigés vers l'audience. "À l'attaque!" lança l'un d'eux en brandissant son pic de terre dans les airs.

Suivi immédiatement par les autres, ils sautèrent au sol, prenant à nouveau les clients par surprise. Comme des rats sortant de leurs cachettes, ils se mirent à courir dans toutes les directions avant de filer par la porte. Tous, à l'exception du dernier, qui s'arrêta juste devant la sortie. Il se retourna, fit une petite révérence théâtrale, avant d'attraper le coin du bas de la porte et de la refermer derrière lui dans un claquement sec.

(Trouvez le Jour 6 dans le calendrier et allez à la page indiquée)

Jour 16

Mère Noël ramassa la bouteille de tequila, secouant la tête avec un soupir. À l'intérieur, la minuscule Lolo flottait, visiblement sonnée par le choc. "Pauvre Lolo…" murmura-t-elle en redéposant délicatement la bouteille sur le comptoir. "À quoi a-t-il bien pu penser? Ça aurait pu être dangereux."

Cocotte, lui, était déjà descendu du comptoir pour inspecter le grand gaillard étalé au sol. De sa petite patte, il tira sur une des paupières de Chaos, révélant un œil perdu dans le vague. "Ouin," annonça-t-il au reste de la pièce. "Le gros nounours est parti pour faire un gros dodo."

La Folie, qui observait la scène, croisa les bras avec un air dégoûté. "Ne comptez pas sur moi pour le déplacer jusqu'au mur des condamnés. Il est beaucoup trop balèze pour moi."

Non loin de là, Joseph s'était assis par terre, martelant avec un pic à glace le dernier bloc qui retenait toujours son pied. Il s'arrêta, leva la tête et jaugea le corps inerte de Chaos. "Il a les mollets plus gros que ma taille. C'est sûr que je ne fais pas le poids."

Apocalypse, qui venait de ramasser le petit éclat de bois sur le sol, leva les yeux au ciel. "Parfait. Une sorcière en bouteille, un dieu K.O. et une armée de lâches." Elle se tourna vers Mère Noël, la pièce du puzzle entre les doigts. "On fait quoi, maintenant?"

Gaïa, voyant l'expression abattue sur le visage de la dame en rouge, s'approcha doucement. "Qu'y a-t-il, Mère Noël? Vous avez l'air si triste."

"L'homme de ma vie n'a toujours pas donné signe de vie," répondit Mère Noël d'une voix lasse, son regard perdu dans le vague. "Ses cloches me manquent."

Cocotte, qui écoutait depuis le comptoir, pencha la tête, intrigué. "Tu parles du gros bonhomme avec sa grosse poche rouge? Et... tu t'ennuies de ses cloches?"

La Folie, qui avait parfaitement saisi l'insinuation tordue du lapin, éclata d'un rire aigu et moqueur.

Mère Noël foudroya Cocotte du regard. "Oui, je parle du Père Noël, sombre imbécile!" répliqua-t-elle sèchement. Sa colère s'apaisa aussitôt, remplacée par une pointe de nostalgie. "Quand il revient à la maison après sa tournée, des cloches magiques sonnent dès qu'il traverse la porte. Ça a toujours été un réconfort pour moi. Elles annoncent qu'il va bien et qu'il est rentré sain et sauf."

"Il reviendra, Mère Noël," dit doucement Gaïa pour la rassurer. "Il faut finir ce que nous avons commencé. Il ne manque qu'un morceau pour le prochain jour." Son regard se posa sur la petite Lolo, toujours prisonnière de son contenant de verre.

Apocalypse s'approcha, un fragment de bois à la main. "Pendant que vous parlez de cloches et de sentiments, j'ai trouvé ça. Tiens, essaie ce morceau."

Mère Noël prit la pièce, son visage toujours empreint de tristesse, et l'inséra. Elle entra en place avec un *clic* satisfaisant.

Le calendrier s'activa. Le son du mécanisme ne fut pas un simple grincement, mais un battement de cœur sourd et rapide… qui s'accéléra. Puis, sans avertissement, des flammes vives et écarlates jaillirent des jointures du bois, léchant le cadre de l'artefact.

"Au feu! De l'eau, vite!" s'écria Mère Noël, paniquée.

Cocotte, voulant aider, arriva en courant, une bouteille de whisky à moitié vide à la patte. "Non, idiot, pas..." commença Apocalypse en tentant de l'intercepter.

Trop tard. Le lapin déversa tout le contenu sur le calendrier enflammé.

Les flammes, au lieu de s'éteindre, rugirent et s'étirèrent jusqu'au plafond dans un *WHOOSH* spectaculaire.

"PAS AVEC DE L'ALCOOL, CRÉTIN FINI!" hurla Mère Noël, sa voix plus stridente qu'une alarme de pompier.

Pourtant, curieusement, aucune fumée ne s'échappait du brasier, et aucune chaleur ne s'en dégageait. Au lieu de brûler, le feu semblait danser. Les flammes vacillaient, s'étiraient et se tordaient, non pas au hasard, mais pour former des silhouettes. Des visages. Une histoire d'amour et de rupture, une "histoire de cœur", prenait littéralement vie, dansant dans le brasier.

Sacré Cupidon

Voilà comment ça s'est terminé et croyez-moi, il l'a bien cherché.

Cupidon, Rupture, selon les jours ou les émotions, doit répandre l'amour partout où il passe, mais sous ses airs angéliques, se cache une double personnalité. Avec ses ailes noires, légèrement teintées de rouge, il arbore une expression marquée à la fois par l'innocence et la cruauté. Comment peut-on répandre la Lumière aussi facilement que la Noirceur! Sa flèche atteint le cœur et lui seul sait si elle touche la fibre du bonheur ou si elle détruit toute chance d'un amour infiniment bon et doux…

Cela le mène à faire des actions incroyables et pas du tout comme un vrai cupidon, il n'a de cesse de déranger tout le monde et tout le temps. Plutôt que de les faire tomber en amour, pour son seul plaisir, il provoque des chicanes désastreuses! Comme cette fois où ses flèches, implacables, brisèrent un couple fêtant son 50e anniversaire de mariage; Cupidon, se présentant dans son long manteau lumineux pour l'occasion, éclairant son visage de son sourire angélique et cachant une pensée machiavélique, il offrit, aux heureux jubilaires, un cadeau, en leur disant de sa voix douce et chantante : "Ne l'ouvrez que ce soir, au lit, ce sera une telle surprise, vous ne l'oublierez jamais!" Les jubilaires étaient curieux, mais ils se plièrent au jeu… et pourquoi pas? C'était leur soirée, la plus belle qu'ils ne vivraient jamais et dont, hélas, ils n'auraient plus jamais aucun souvenir, car Cupidon frappa encore…

Le soir arrivé, ils se préparèrent à se mettre au lit, chacun offrant à l'autre une douce caresse, toute tendre, enveloppante, ils s'aimaient, ça se sentait et se ressentait tellement. Cette journée devait être gravée dans leur mémoire à tout jamais, seulement Cupidon le souhaita différemment :

Au moment d'ouvrir le cadeau… Oh! Une lettre toute parfumée… Ils la lirent ensemble, et leurs cœurs s'enflammèrent, mais pas d'amour, car tout à coup les mots sortirent de leur bouche, violents, incontrôlables, s'entrechoquèrent avec dureté, explosèrent jusqu'à ce que les bras, les jambes se frappent dans un élan indescriptible….. Ils ne s'arrêtèrent pas jusqu'à ce moment fatidique, ce point de rupture où la jubilaire attrapa le vase en cuivre et frappa, avec une force qu'elle ne se connaissait pas, cet homme tant aimé durant les cinquante dernières années. Cette fois, leurs cris, de lui, d'une grande douleur, d'elle, lent et fort marquèrent effroyablement leurs visages. Il en mourut. Lui, de ses blessures. Et elle, elle passa les dernières années de sa vie en prison dans un triste et macabre silence.

Que contenait cette lettre? Nul ne le saura jamais, sinon Rupture, car elle avait été déchiquetée en mille morceaux. Voilà donc de quoi est capable ce Cupidon de malheur.

Mais un jour, Rupture, déambulant d'un pas léger, se fige devant un sourire envoûtant, mais, celle-ci ne le voit pas, il l'observe sans vergogne, jusqu'à ce que ce regard le rejoigne et croise le sien.

Aucune réaction… C'est tellement étrange…

Ne devrait-elle pas tomber éperdument amoureuse? Et pourtant. Rien.

Il devra l'aborder c'est sûr, comment? Il n'a pas l'habitude. Toujours, on s'extasie devant son air angélique.

Rien. Toujours rien. "Salut!" se risque-t-il. "Comment vous appelez-vous?"

Elle se retourne et répond : "Angélique," c'est étrange ce nom, et se retourne à nouveau.

Mais qui est-elle pour adopter une telle indépendance devant moi.

Cette jeune femme embrase son cœur, il en tremble! Il cherche par tous les moyens une façon de l'aborder avec douceur. Il la charmera, c'est sûr. Il est Cupidon quand même! C'est sa façon de vivre! Il est né comme ça, avec quelques fois, seulement, se dit-il, une petite malformation. Mais cette fois, il passera outre, et elle tombera amoureuse de lui. Sa propre flèche l'atteindra.

Avec patience et détermination. Il choisira les mots, il utilisera les gestes qui mèneront le cœur d'Angélique jusqu'à lui.

Depuis ce jour, depuis longtemps, il oscille entre les bonnes actions et les mauvaises, gardant les bonnes devant les yeux d'Angélique! Comme cette journée où il réconcilie un couple en danger de rupture en envoyant à chacun d'eux une flèche enflammée d'amour. Il faut voir leur regard changer pour devenir doux et langoureux, et main dans la main reprendre le chemin de l'harmonie! Serait-elle insensible à ce point, au point où même ses plus honorables attitudes restent sans réaction. Angélique, d'où vient-elle?

Un jour de plus dans cette insolente insouciance, il n'en peut plus. Cette attitude, qui semble le narguer, l'humilier, l'écraser. La jalousie l'enveloppe et le choque. Ses flèches n'atteignent jamais le cœur d'Angélique.

Mais un moment où il ne s'y attend pas, ils se promènent, elle le voit, leurs regards, une fois de plus, se croisent et, pendant un instant, elle semble oser un sourire radieux, tomberait-elle enfin amoureuse? Elle l'aborde et engage une conversation. Sa voix est douce et mélodieuse. Il s'approche donc de la belle Angélique, mais à ce moment même, ne sachant pas pourquoi et comment cela arrive, il fait un faux pas sur une dalle instable et… il tombe dans une caverne sombre…

Auteure : Manon Déziel

Suite —

Le noir. Absolu. Froid.

"Où suis-je?" La voix était douce, presque un murmure, mais elle résonna dans le vide infini… *Suis-je… je…*

Un grognement lui répondit aussitôt, une voix bourrue et pleine d'impatience. "Quelle question stupide! Tu es tombé. Maintenant, avance."

Perplexe, il avança à tâtons, les bras tendus. Ses doigts rencontrèrent une surface. Froide, dure, humide. Une paroi rocheuse.

"C'est un mur," murmura la voix douce.

"Sans blague!" lança la voix hostile. "Suis-le. Il mène bien quelque part."

Il obéit, longeant la paroi, sentant les roches saillantes sous ses doigts. Le silence s'étira, seulement brisé par le goutte-à-goutte lointain de l'eau. "C'est froid," murmura la voix douce.

"Arrête de te plaindre et marche!" rétorqua la voix agressive.

C'est alors qu'il vit une lueur. Au loin, un feu vacillait. "Une lumière…" souffla la voix douce, un filet d'espoir dans le ton.

"Enfin!" cracha l'autre voix. "Dépêche-toi! N'importe quoi est mieux que ce trou noir!"

"Au fait, je m'appelle Cupidon. Et toi?" demanda la voix douce en avançant.

La voix rude grogna. "On n'a pas le temps pour les présentations. Avance."

Plus il approchait du feu, plus la lumière dansante éclairait les parois autour de lui, révélant les contours d'une vaste caverne. Il regarda autour de lui, mais ne vit personne. "Où es-tu?"

"Je suis tout près," répondit la voix hostile. "Avance."

Il arriva enfin devant le brasier. Il approcha une main tremblante. Les flammes n'avaient aucune chaleur. Sa main, éclairée par la lueur, semblait… étrange. Une seconde main, translucide et tremblante, paraissait superposée à la sienne, imitant ses mouvements avec un infime retard.

"J'ai dû me cogner la tête en tombant…" murmura-t-il pour lui-même. "Je vois double… et je ne me souviens de rien de ce qui s'est passé avant."

"On s'en fout!" s'emporta la voix rude. "Regarde plutôt le feu. Il n'émet pas de chaleur. Ça doit être la porte."

"Tu as raison…" répondit Cupidon. Il approcha sa main avec prudence. Le feu sembla vivant, s'enroulant autour de son poignet comme un ruban de lumière froide, sans le brûler.

"Qu'attends-tu pour avancer?"

"Et toi?"

"Je te suis. Allez, bouge."

Poussé par cette urgence qui était aussi la sienne, il ferma les yeux, prit une inspiration et fit un pas en avant, se laissant dévorer par le feu froid.

(Trouvez le Jour 17 dans le calendrier et allez à la page indiquée)

Jour 10

La tempête ne semblait pas vouloir mourir. Le blizzard hurlait, et la température chuta encore de plusieurs degrés, un givre épais recouvrant chaque surface. Apocalypse, luttant contre le vent glacial, arriva enfin à rejoindre Mère Noël qui se tenait à l'abri précaire du comptoir. "Je ne crois pas qu'on va réussir à avancer!" cria-t-elle pour se faire entendre. "À la température qu'il fait, je ne sens pratiquement plus mes doigts!"

La reine des fêtes, malgré son endurance, n'eut d'autre choix que d'abdiquer. "Je suis du même avis. Heureusement, je suis vêtue pour ça. On devrait mieux recouvrir nos inconscients avant de les retrouver aussi gelés que ton mort-vivant."

"Avec quoi?" demanda Apocalypse.

Du trou de l'igloo de fortune qu'il s'était fait dans le lavabo, la voix de Cocotte répliqua : "Troisième tiroir en partant de la droite, y'a les linges à vaisselle!"

Surprises, les deux femmes se regardèrent. "Pour une fois, il arrive à réfléchir," concéda Mère Noël. Elle contourna le comptoir, se retenant au rebord pour ne pas glisser sur la glace qui s'était formée au sol.

"Tu viens nous aider?" lança Apocalypse vers le lavabo.

Un "Non!" sec lui répondit. "Je suis à l'abri dans ma taverne… je dirais plutôt *caverne*, puisqu'il n'a pas d'alcool en réserve!"

Mère Noël tira sur le tiroir indiqué. "Il n'y a que des ustensiles ici!"

"Le troisième en partant du bas, voyons! Avec ma grandeur, je ne compte jamais à partir du haut!" rétorqua la voix de Cocotte.

Au moment où Mère Noël se penchait pour ouvrir le bon tiroir, un grondement sourd et puissant, comme un tonnerre venu des entrailles de la Terre, fit trembler tout le bar. Elles ne pouvaient pas voir le calendrier à travers le blizzard, mais l'atmosphère avait brutalement changé.

"La température est hors de contrôle!" déclara Mère Noël. "Je crois que les choses s'accélèrent!"

À cet instant précis, elle lança un regard craintif vers Apocalypse et étira le bras, cherchant à agripper le sien. Apocalypse y lut une peur viscérale qu'elle ne lui avait jamais vue. Dans une tentative de la saisir à son tour, elle vit avec horreur les jambes de la dame en rouge se soulever du sol, arrachées par la force d'un vent devenu vortex. Ses doigts griffèrent le rebord du comptoir avant de lâcher prise, son corps flottant un instant comme un drapeau accroché à son poteau.

"Accroche-toi!" beugla Apocalypse, s'agrippant elle-même au bord du lourd évier.

La tempête menaçait de l'emporter quand elle vit Mère Noël glisser. Dans un dernier hurlement qui se perdit dans la tourmente, elle fut happée par le vortex et disparut.

Les pieds d'Apocalypse glissaient sur le sol gelé, la poudreuse qui lui fouettait le visage devenait insoutenable. "À l'aide!" cria-t-elle, sachant très bien que personne ne pouvait l'aider.

Puis, des petites pattes chaudes agrippèrent fermement ses doigts. "Ne crains rien, je te tiens!"

Elle put à peine distinguer les grands yeux de Cocotte qui s'était jeté sur elle, tentant futilement de la retenir, ses oreilles battant furieusement dans le vent. Mais dans un dernier souffle, l'arrière-train du lapin fut soulevé de son abri. Il vola en plein dans le visage d'Apocalypse, la force de l'impact l'obligeant à lâcher prise.

Elle fut aspirée. Cocotte, s'était agrippé à ses cheveux et fut emporté avec elle. Leur chute ne se termina pas sur un sol, mais dans une conscience. Ils étaient des passagers, des spectateurs terrifiés, piégés derrière les yeux d'un être nommé Chaos alors que l'histoire du jour suivant commençait.

Un "Bad Trip" Chaotique

L'étrangeté demeure toujours renversante, même pour le Chaos.

Il tomba d'un coup d'un trou du ciel sur une plaine enneigée inconnue. Restant immobile pendant quelques minutes, il tenta de reprendre ses esprits. Une fois les yeux ouverts, il observa scrupuleusement ses alentours : un désert de glace à perpétuité, un Colisée ressemblant étrangement à celui de Rome, une petite cabane en bois inhabitée et une énorme pyramide de glace.

Lorsqu'il retrouva assez d'énergie pour se lever, Chaos se mit debout et contempla plus en détail l'environnement dans lequel il avait abouti. D'un geste lent, il se caressa le front pour vérifier s'il n'était pas blessé, mais tout semblait à sa place malgré sa chute depuis le ciel. Bien qu'il ventait assez fort, son capuchon le protégea de cette température hostile à laquelle il n'avait jamais fait face. Son corps musclé l'aida à contenir sa chaleur dans ce froid glacial.

"Mais dans quel bordel suis-je tombé?" se demanda-t-il, en regardant le paysage de neige.

Il se dirigea d'un pas lent vers la pyramide qui l'impressionna. Il toucha de sa main droite en cuir la glace de ce monument grandiose, histoire de bien ressentir l'ingéniosité de cette construction inusitée.

"C'est du beau travail," pensa-t-il, impressionné par l'architecture, se grattant le menton d'un geste lent et calculé. "Cela semble être réalisé par une personne au talent intemporel…"

Sa main toujours sur la glace, sa conscience accéda à des visions dont il ne comprenait guère l'existence : une dame sortant d'un lac, vêtue d'une robe verte d'un style gothique victorien d'une époque révolue, lui souriant avec des yeux emplis d'un noir opaque, lui tendant la main.

Autour de lui, des couleurs flash psychédéliques apparaissaient comme des éclairs, l'enveloppant d'une autre vision : une adolescente aux longs cheveux noirs attachés en nattes, portant une chemise à manches courtes noire ainsi qu'une jupe de la même couleur, en train de se noyer dans le lac. Impuissant devant la noyade de la jeune fille, il tenta de l'aider, mais en vain : des mains blanches tiraient la pauvre dans l'eau.

De retour de son songe éveillé, il resta de marbre devant la pyramide, incapable de distinguer si cette nouvelle réalité avait bien eu lieu dans le passé, ou bien s'il avait des visions d'un futur toujours pas réalisé.

Il vérifia si une entrée existait, mais en vain, il ne sembla pas y avoir de moyen de pénétrer dans cette œuvre d'art vivante. Faisant le tour d'un pas lourd, la brume le suivant à chaque mouvement, il ne trouva aucun accès au bâtiment. Il décida de se tourner vers le colisée pour trouver ne serait-ce qu'une parcelle de vie dans cette plaine enneigée.

Bien que cela lui prît une bonne dizaine de minutes, il arriva finalement devant la magnifique architecture de ce

Colisée sortant tout droit de l'époque romaine. Une fois à l'intérieur, il contempla l'immensité de ce chef-d'œuvre dont beaucoup d'histoire semblait s'en dégager. En scrutant les sièges anciennement réservés aux spectateurs, il ferma les yeux sous son capuchon sombre et s'imprégna de l'ambiance qui, jadis, avait régné autrefois à une époque où la vie avait été plus présente.

Sa conscience planant dans l'obscurité, il entendit des cris de foules scandant des noms inconnus, comme si un écho d'une ancienne bataille parvenait à ses oreilles :

"Allez!" cria une voix démoniaque dans sa tête. "Achève-la! Ce n'est qu'une enfant, Samhveh!"

"Ne l'écoute pas Néphylia," dit une autre voix, "tu es la plus puissante d'entre toutes! Tu peux le vaincre!"

Ces répliques virevoltaient dans son esprit comme un match de catch en pleine finale. Il pouvait également entendre des bruits de lames tranchant de la chair, mais sans voir les dégâts. La dernière phrase qu'il perçut le déstabilisa :

"Arrêtez-là!" dit une voix masculine en panique. "Mais arrêtez-là, bon sang!"

Lorsqu'il ouvrit les yeux, les voix s'étaient éteintes : seulement le vent glacial qui écorchait sa peau de cuir parvint à ses tympans.

La conscience chancelante et confuse, il décida de visiter la petite remise située près de la pyramide.

Devant la cabane, il poussa la porte tranquillement, ne sachant sur quelle surprise il allait encore tomber.

Une fois à l'intérieur de la bâtisse, une forte odeur de moisissure parvint à ses narines : on aurait dit qu'un cadavre avait vécu ici toute sa vie. Pourtant, le décor sobre (une chaise en bois, un foyer, une petite table et un tonneau) était en contradiction avec l'odeur putride qui s'en dégageait. Mais ce qui attira son attention était le vieil homme qui était assis sur la chaise, silencieux, au regard fatigué. Celui-ci portait un complet noir avec une cravate de la même couleur, un chapeau ainsi que de belles chaussures.

L'homme fixa Chaos de ses yeux sombres :

"Alors, comme ça, ils t'ont balancé dans notre foutu merdier?" demanda l'homme aux yeux sombres. "T'as vraiment pas de chance, tu sais, d'avoir atterri ici."

"Pardonnez-moi," répondit Chaos, "mais je ne crois pas que nous nous soyons déjà rencontrés."

"Tu ne piges toujours pas ce que tu fais ici, non?"

Chaos fixa l'homme de ses yeux blancs éclatants, ne sachant quoi répondre, car tous les souvenirs de son ancienne vie s'étaient dissipés depuis son arrivée dans cette étrange dimension.

"Tu es ici pour m'aider à avoir la victoire sur cette foutue dame du lac!" lança-t-il, en donnant un coup sur la table. "Et surtout, de sa… putain d'arme de destruction! Serre-moi la main, et je te jure que tu retrouveras toute ta puissance d'un seul coup! Mais tu dois m'aider dans ma mission, n'est-ce pas?"

Sans hésitation, Chaos serra la main de l'homme et, sans crier gare, s'effondra en s'appuyant sur le vieux tonneau qui s'ouvrit sur un vide.

Auteur : F. LeRoy

Suite —

"Allo?" La voix était masculine, lasse, mais claire, comme venue de nulle part et de partout à la fois. Elle se répercuta dans le néant infini.

… allo… allo… lo…

Un instant passa.

"Qui… qui est là?" La voix d'Apocalypse résonna à son tour, tendue, sur le qui-vive.

"Mère Noël? Apocalypse?" La voix de Cocotte fusa, mêlée de peur et d'une excitation déplacée. "Vous êtes là? C'est tout noir! On dirait le bedon du Père Noël!"

"On est là, Cocotte," répondit la voix de Mère Noël, plus grave et calme, mais vibrante d'une tension palpable.

"Je m'appelle Chaos," reprit la première voix masculine.

"Coincés…" murmura Mère Noël, l'écho étirant le mot en une plainte sans fin.

"C'est cool!" s'exclama Cocotte, ayant déjà surmonté sa peur. "Ouah! Ouah! Y'a de l'écho ici! Yodel-ay-hee-hoo!"

L'écho lui renvoya une cacophonie absurde, mais il fut bientôt rejoint par un autre rire. Un rire plus fin, plus aigu, comme le tintement strident d'une clochette fêlée.

Apocalypse se figea. "Ce rire…" elle fit une pause. "C'est toi, Folie?" lança-t-elle dans le vide.

Le rire s'arrêta et une voix très aiguë, presque irritante dans sa tonalité enfantine, lui répondit en chantonnant. "Biieen ouiii, c'est moiiiii!" Un petit gloussement suivit. "Je vous observe. Depuis… je ne sais plus… un moment. Oui, c'est ça. Un moment."

"Comment on sort d'ici?" demanda sèchement Apocalypse.

"Sortir?" La Folie éclata de rire à nouveau. "Mais pourquoi? Le spectacle ne fait que commencer! C'est tellement plus amusant quand les jouets sont dans la boîte!"

Son rire s'estompa, laissant place à un autre son. Un faible crépitement, comme des étincelles lointaines ou le bruit d'un feu de bois qui se consume. Le son semblait se rapprocher, apportant avec lui une vague de chaleur à peine perceptible.

(Trouvez le Jour 11 dans le calendrier et allez à la page indiquée)

Jour 7

La porte du bar s'ouvrit lentement, laissant à peine une brise entrer. Au moment où elle se refermait d'elle-même, un coup de pied violent venu de l'extérieur la projeta vers l'intérieur. Elle vola presque en morceaux avant de s'encastrer dans le mur dans un bruit de poignée brisée.

Habituée aux coups pendables de ses lutins, Mère Noël ne sursauta pas. Elle se contenta de froncer un sourcil, puis regarda de chaque côté avant de se redresser péniblement sur sa chaise. Elle fut suivie par Apocalypse qui, elle, grimpa pratiquement dans les rideaux. "Qui va là?" cria-t-elle d'une voix autoritaire, avant de se prendre la tête entre les mains, regrettant aussitôt sa réaction. "Ah, mon crâne… Que s'est-il passé? On dirait qu'un train m'a renversée."

Gaïa entrouvrit les yeux, mais la luminosité crue de l'éclairage les força à se refermer aussitôt. De l'autre côté du comptoir, à l'abri des regards, on entendit frapper.

"Aïe! Allo? On peut me sortir de là? Je crois que je suis coincé dans les poubelles avec le bout d'une bouteille coincé entre les… Euh non, c'était un bouchon, j'ai réussi à l'enlever… Allo? On m'entend?... Ooh, une cacahuète…"

Le bruit de lourdes bottes détrempées se fit entendre. La reine des fêtes tourna péniblement la tête. "Aïe, aïe, aïe, mon cou…" En disant cela, elle vit une grande masse recouverte de boue entrer en titubant. "Qui a osé me recouvrir de gadoue et de terre? Si je l'attrape, il va passer un mauvais quart d'heure."

"Baveux? C'est toi?" demanda Apocalypse, surprise d'entendre cette voix familière.

"Apocalypse... si on te le demande, t'as qu'à dire que c'est le bonhomme Sept Heures." En finissant sa phrase, il ne vit pas la flaque d'eau qui commençait à se former à côté du bloc de glace et glissa. Au moment où il parvenait à peine à reprendre le contrôle, il s'empala le pied sur Gaïa, lui assénant un coup bien mal placé à la tête. La Mère Nature perdit à nouveau conscience sous la force de l'impact. Le bonhomme enrobé de boue perdit définitivement l'équilibre pour aller se cogner le menton directement sur le rebord du bar. Un craquement qui donna des frissons retentit. L'homme pivota, à moitié conscient dans sa chute, et l'arrière de sa tête heurta un siège adossé au comptoir, pour enfin finir sa course, la joue contre le sol. Les yeux fermés, la douleur parcourant son corps, il cracha une dent qui rebondit comme un dé de Yatzee avant de formuler une dernière pensée en s'évanouissant : "Aïe... ça fait mal!"

Mère Noël fut la première à bouger, sa main se posant sur sa nuque avec un craquement douloureux. "On dirait une infirmerie de champ de bataille ici," grommela-t-elle en balayant la scène du regard : Apocalypse se massant les tempes, Gaïa toujours inerte, et un tas grandissant de corps évanouis venus du calendrier. "Apocalypse, aide-moi. On ne peut pas travailler dans ce bazar."

Avec une grimace de douleur, Apocalypse se leva et, ensemble, elles commencèrent la sinistre besogne. Elles traînèrent les corps inconscients de Korr, Guerre, Liraël, Sylas et maintenant Baveux pour les aligner contre le mur du fond, créant un "coin des évanouis" de plus en plus inquiétant.

"C'est ça, le progrès," ironisa Apocalypse, le souffle court. "Chaque jour, un nouveau corps à empiler. Je souffre tellement que j'ai l'impression que ma tête va exploser."

Mère Noël murmura, comme si les mots avaient un écho particulier. "Ça ne m'étonnerait pas que ce soit le thème du jour. Allez, au travail. Les pièces du Jour 7. La Folie les a éparpillées partout."

Elles commencèrent à chercher au milieu du désordre. Apocalypse en trouva une sous une table renversée, une autre près de la glace de Joseph qui continuait à fondre. Mère Noël en repéra une troisième à moitié coincée sous la botte boueuse de Baveux. Mais la dernière restait introuvable.

C'est alors qu'un bruit de mastication se fit entendre depuis le bac à ordures. "… trouvé une autre cacahuète… elle est un peu molle, mais…"

Mère Noël et Apocalypse échangèrent un regard las. Mère Noël s'approcha, plongea la main dans la poubelle et en ressortit un Cocotte couvert de détritus, qui tenait un petit morceau de bois gravé entre ses dents.

"Mon cure-dent!" couina le lapin.

"Donne-moi ça, espèce de Nuisible!" lança Mère Noël en lui arrachant la pièce. Elle l'essuya sur son tablier, lâcha la boule de poils avant de rejoindre Apocalypse près de la table. "J'espère que tu es prêt," dit-elle au calendrier. "Parce que nous, on commence à en avoir notre claque."

Elle inséra la dernière pièce. Le calendrier ne s'activa pas avec la frénésie habituelle. Il y eut un long grincement plaintif, un son lent et douloureux, comme une machine qui souffre, des rouages usés qui crissaient fer contre fer. Une lumière blafarde de métal chauffé à blanc émana du calendrier. La température grimpa d'un degré instantanément.

L'air au-dessus de l'artefact se mit à onduler, comme une vague de chaleur s'élevant de l'asphalte en plein été. Le crissement métallique ne venait plus seulement du calendrier; il semblait résonner directement dans leur crâne, comme le frottement de l'os contre l'os.

Apocalypse baissa les yeux vers une flaque d'eau près de ses pieds, formée par la fonte de la glace de Joseph. La surface ne reflétait plus le plafond du bar, mais un ciel gris et un paysage de montagne rocailleux. Mère Noël tourna la tête vers les bouteilles derrière le comptoir. Dans le verre courbe de chaque flacon, une silhouette déformée, longiligne et drapée de noir, semblait marcher sans but.

Mais le plus troublant n'était pas là. Lorsqu'elles croisèrent le regard l'une de l'autre, elles ne virent pas la fatigue ou la douleur de leur amie. Dans la pupille dilatée d'Apocalypse, Mère Noël vit l'homme marcher. Dans l'iris de Mère Noël, Apocalypse vit les badauds le dévisager.

L'histoire ne leur était pas contée sur un mur. Elle leur était imposée, fracturée en mille éclats de verre et de douleur, chaque surface réfléchissante du bar devenant un fragment de la vision, chaque regard échangé devenant un écran. La Souffrance s'infiltrait partout.

Mont Cenis, Savoie, France

Souffrance surgit du parking situé près de l'église moderne, triangulaire, du Mont Cenis, non loin de la frontière italienne. C'est un petit édifice religieux qui ne manque pas de charme, idéalement placé près du lac aux eaux d'un bleu limpide. Ce jour-là, le soleil s'y reflète et en cette fin juillet l'air est agréable.

Les badauds l'observent, curieux de voir une silhouette longiligne drapée dans une vieille redingote anthracite, parsemée de trous, tout comme son jean élimé. Quelques-unes osent le regarder, mais très vite baissent les yeux. Cet homme leur fait peur avec ses cicatrices sur le visage et ses iris gris.

Souffrance, lui, ne les calcule pas. Il déambule sur le bas-côté avant de traverser la route négligemment. La circulation est fluide, malgré tout un automobiliste est obligé de piler pour le laisser passer. Le conducteur klaxonne et le regarde, hébété, poursuivre son chemin le plus tranquillement possible.

L'énigmatique individu s'engage ensuite sur un sentier de randonnée. Il se fait rapidement dépasser par les randonneurs chevronnés. Il semble marcher sans but précis, et malgré sa haute taille, ses pas semblent ralentis.

Plus tard, une famille arrive à sa hauteur. Le benjamin, un garçon d'une dizaine d'années, le fixe empli d'une curiosité mélancolique lors de sa plongée dans le regard de Souffrance comme s'il ressentait sa douleur. Le visage du singulier personnage s'éclaire alors d'un mince sourire, avant que le père de l'enfant ne le rabroue, s'ils veulent atteindre le fort, ils ne doivent pas perdre plus de temps. Le bambin lui adresse un signe d'au revoir avant de reprendre la marche.

Souffrance se laisse distancer, perdu dans ses pensées. Il ne remarque pas la fleur de même nom, aussi appelée pédiculaire du Mont Cenis qui émaille la vallée.

Au loin, il entend des exclamations admiratives de gamins suivies d'explications d'adultes sur la flore. Lui, ne se préoccupe ni des campanules violettes, ni même de la Saponaire jaune, qui pourtant ne pousse que dans ce lieu remarquable, sur le territoire français.

Un peu plus tard, entre dans son champ de vision le fort de Ronce, conçu en 1877 pour protéger les troupes italiennes des invasions françaises avant d'être finalement cédé à la France en 1947. Un édifice en pierre, circulaire, posé sur un tumulus dominant le lac du Mont Cenis ainsi que les routes y menant.

Avant d'y parvenir, l'étrange être dépasse plusieurs bunkers gris, avant-postes défensifs qu'un majestueux gypaète barbu survole dans l'azur de cette chaude journée. Souffrance semble se fondre dans ce décor pierreux, famélique tels les soldats terrés avec pour objectif le maintien des territoires.

Puis, il arrive au fort où des curieux s'entassent au rez-de-chaussée. Lui grimpe directement à l'étage pour se perdre dans l'éblouissant panorama. Le soleil darde ses rayons sur son corps, transperçant sa redingote qu'il porte été comme hiver, usée par le temps. Songeur, il contemple la vaste étendue et les sommets enneigés. Il reste de longues minutes, dans sa bulle, à admirer la vue avant de descendre les marches rocailleuses.

Près de la construction, il trouve une pancarte indiquant sa destination finale. Il suit le sentier qui l'y conduira.

L'homme croise quelques touristes qui halètent; entre la haute altitude, plus de deux mille mètres, et l'inclinaison de la sente, ceux qui ne se sont pas préparés un minimum, peuvent galérer. Il arbore un léger sourire en les voyant peiner, lui, a l'habitude des treks en terrain hostile.

Souffrance, malgré son pas léger, les dépasse, sans un mot, mais en conservant son rictus. La montagne ne s'offre pas facilement aux néophytes, ils doivent s'accrocher pour mériter ses merveilles.

Le mystérieux individu parvient au Plan des Cavales, en référence aux anciens pâturages de chevaux, dernière étape avant l'objectif du voyage.

Le sentier désormais grimpe moins et quelques cumulus égaient le ciel. Une brise rafraîchissante souffle sur les joues de quelques randonneurs allongés dans l'herbe.

Souffrance les envie, mais son expédition n'est pas terminée. Alors, il reprend la route.

Les éboulis rocheux remplacent désormais le tapis verdoyant et encadrent la dernière côte. Du même pas mécanique, l'homme parvient au sommet d'une croupe émeraude. Derrière, le lac Clair l'attend.

Soudain, une brume s'abat sur la vallée, comme pour l'accueillir. L'heure est venue de descendre vers ses eaux laiteuses.

Lentement, de sa démarche robotique, il descend vers la rive. Le lac bouillonne, pressé de le cueillir. La créature, sans se déshabiller, s'y enfonce. Le brouillard enveloppe complètement le paysage tandis que Souffrance continue. Les pieds, les genoux, le torse, puis le cou, les yeux, le front et enfin du crâne aux chevilles, les profondeurs le happent.

Avant que le soleil ne revienne.

Auteur : Didier Roth

Suite —

Les mille reflets de l'histoire se brisèrent en même temps. Dans les yeux de Mère Noël, Apocalypse ne vit plus qu'une fatigue infinie. Le son de grincement dans leur crâne s'éteignit, remplacé par un silence glacial. La température du bar, qui avait grimpé, chuta brutalement de plusieurs degrés.

"Bon sang…" souffla Apocalypse en se frottant les bras, une buée s'échappant de ses lèvres.

Une brume épaisse, blanche et opaque comme du lait, commença à monter du sol. Elle ne venait pas de partout, mais semblait s'écouler de la flaque d'eau grandissante autour du bloc de glace de Joseph. La brume sentait la pierre mouillée et l'air glacial des montagnes. En quelques secondes, elle avait tout envahi, montant jusqu'à la hauteur de leurs genoux, masquant le sol.

Au centre de la pièce, la brume se mit à tourbillonner sur elle-même, de plus en plus dense, comme si elle se condensait. Une silhouette se dessina, non pas en sortant du brouillard, mais en se formant par lui. Les volutes de vapeur se solidifièrent, l'eau se condensa, et la silhouette de l'homme en redingote anthracite, Souffrance, se matérialisa devant eux.

Il était trempé jusqu'aux os, grelottant si violemment que ses dents claquaient. L'eau ruisselait de ses vêtements et formait une nouvelle flaque à ses pieds. Ses yeux gris, vides de toute pensée, fixèrent le vide un instant avant de se révulser. Il s'effondra lourdement sur le sol, à moitié submergé par la brume qu'il avait lui-même amenée.

"Un de plus," déclara Apocalypse d'une voix lasse. "On va finir par manquer de mur pour les empiler."

Un bruit de ferraille retentit alors, suivi d'un craquement sec qui les fit sursauter. Le bruit ne venait pas du nouvel arrivant. Il venait du bloc de glace. À force de fondre, une partie s'était détachée, libérant enfin le bras de Joseph. Ce n'était plus qu'un assemblage d'os blanchis, dépouillé de chair et de muscle, qui bougea. Lentement, la main squelettique se referma, grinçant, avant de pointer un doigt osseux vers la table où reposait le calendrier.

Alors que Mère Noël et Apocalypse étaient figées par cette vision macabre, une petite voix se fit entendre depuis le comptoir. "Hé! C'est pas juste! Y a plus de cacahuètes!"

Cocotte, qui avait visiblement dormi à travers toute la scène, venait de se réveiller et tapait du pied sur le plat vide. Il sauta au sol, atterrissant dans la brume glaciale qui lui montait jusqu'au poitrail. "Brrr! C'est qui qui a laissé le frigo ouvert?"

Frissonnant, il se mit à trotiner à l'aveugle dans le brouillard, cherchant à se réchauffer. Il heurta quelque chose de dur. Curieux, il donna un petit coup de patte, puis un autre. "C'est quoi ce truc?"

(Trouvez le Jour 8 dans le calendrier et allez à la page indiquée)

Jour 19

"Aïe, les filles, où en est votre quête?" Le lapin vacillait à chaque pas, son centre de gravité semblant se déplacer sans logique. Ses jambes hésitaient, son corps cherchait un équilibre qu'il ne trouvait pas. Il n'attendit pas leur réponse et, la bière à la main, se répondit à lui-même : "Ce fut une conversation enrichissante." Puis il repartit en titubant.

Gaïa le suivit du regard, perplexe. "Qu'arrive-t-il à Cocotte?"

"De toute évidence, il ne s'est pas remis de la perte de la poupée," nota Mère Noël.

"En attendant, que fait-on avec Malédiction?" demanda Gaïa en se tournant vers la femme recroquevillée, qui pleurait toujours en silence. "Elle semble inconsolable."

Gaïa s'approcha doucement de Malédiction, une expression de profonde culpabilité sur le visage. "Je suis désolée," murmura-t-elle. "Tout ceci… c'est de ma faute."

Elle tendit la main, non pas pour toucher Malédiction, mais comme un geste d'offrande. Une seule et unique fleur poussa de sa paume : une rose d'un noir profond, dont les pétales semblaient taillés dans de l'obsidienne et dont les épines brillaient d'une lumière violette. C'était une fleur de pur chagrin, un écho de la douleur de Malédiction.

Au moment où la rose éclot, Malédiction leva lentement la tête. Ses yeux remplis de larmes se posèrent sur la fleur. Elle tendit une main tremblante et effleura un des pétales. Au contact, la rose ne se fana pas. Elle se brisa, comme du verre. Le son cristallin de sa rupture se mêla au retour sombre du mécanisme du calendrier, que Mère Noël venait de compléter.

"Est-ce un piège?" murmura Mère Noël, le regard méfiant levé vers le plafond. L'une de leurs surfaces miroitait, reflétant la lumière à l'image d'une flaque d'huile sur de l'eau. Lorsque le regard des personnages se posa sur l'un d'eux, des lettres commencèrent à s'y dessiner, dans une fonte stylisée rappelant les scribes d'une époque révolue.

L'histoire n'avait ni son, ni image. Le cœur du récit se lisait en silence, comme une chronique noble et oubliée.

L'Élue, Rébellion

Un homme vêtu comme un soldat entra dans une grande pièce. Cet endroit transpirait la noblesse, la richesse et le respect pour le roi Dagobert. Il longea un long tapis rouge qui mena devant un homme assis sur un trône argenté. Il baissa la tête et mit un genou par terre en signe de respect.

"Que puis-je faire pour vous, mon roi?"

"Bonjour Hélios, mon fidèle et brave colonel de la Légion Bleue. Vous pouvez vous relever."

"Merci, votre majesté."

"J'aimerais que vous me sélectionniez votre meilleur élément parmi nos plus valeureux combattants", dit-il en affichant un air sérieux.

"Puis-je me permettre, majesté, de vous demander ce qui se passe?" Réclama le soldat.

Le roi hésita un peu avant de lui répondre.

"Ma fille, la princesse Félycia est atteinte d'une étrange maladie." Confia-t-il.

"Hooo ! Je suis vraiment navré de l'apprendre." Répondit Hélios, le visage rempli de tristesse.

"Merci, c'est gentil. Je vous en prie, je vous demande votre discrétion absolue."

"Cela va de soi, mon roi."

"Avant que j'oublie, allez voir mon conseiller et mage, Olaf. Il saura vous guider et vous informer de ce qu'il nous faut comme soldat."

"Très bien, j'y vais de ce pas."

Le colonel de la Légion Bleue sortit de la pièce majestueuse, d'un pas déterminé. Il se rendit à la tour où le mage et conseiller personnel du roi Dagobert logeait depuis plus d'un demi-siècle! Hélios monta les innombrables escaliers qui ne finissaient plus de s'élever. Le colonel de la Légion Bleue atteignit finalement le dernier palier de la tour. À bout de souffle, il frappa à la porte et quelques secondes après, un vieil homme demanda d'une voix somnolente.

"Qui est là?"

"C'est moi, noble conseiller de sa majesté. C'est au nom du roi que je suis venu vous voir", répondit Hélios de sa voix grave.

Sur ces paroles, le vieillard ouvrit la porte et l'invita à entrer. Olaf était vêtu de ce qui ressemblait à une jaquette longue dans les tons sombres.

"Je suis navré pour le dérangement," rétorqua Hélios, mal à l'aise.

"Ne le soyez pas, brave homme. À mon âge, je sens la courbature de mes vieux os s'accentuer au fil des années", répondit le mage affichant un sourire amical.

"Notre roi m'a demandé de venir vous voir," dit-il.

"J'imagine qu'il vous a mis au courant de la situation concernant la princesse."

"Oui, noble conseiller."

"Excellent! Sachez que le candidat choisi devra être déterminé, brave et sans faille dans sa quête, peu importe les dangers qu'il devra affronter durant son parcours. La mission sera de récupérer la bague curative. Selon la rumeur, celui qui la récupèrera devra être très prudent, car ce joyau est sous la surveillance d'un dragon noir du comte Valdemir. Donc, vigilance à celui qui aura cette mission."

"Je vois," répondit Hélios.

"Je lui souhaite bonne chance et je vous remets un médaillon qui guidera votre courageux soldat vers cette bague curative."

"Merci, noble mage. Je vous laisse vous reposer. Bonne journée à vous!"

"À vous également, vaillant colonel. Que les Dieux protègent ce valeureux soldat!"

Hélios se rendit aussitôt au campement d'entraînement. Rendu sur place, il sélectionna le plus valeureux de ses soldats du nom de Rébellion. Cette humanoïde aux traits féminins avait un corps maigre, mais musclé. Ses jambes se terminaient en griffes de scorpion. Sa peau écaillée avait une couleur d'un noir comme du charbon. Rébellion portait des vêtements sombres et ajustés. Parfois, ils se déchiraient à cause de ses mouvements brusques. Ses cheveux finissaient en pointes et colorés d'un rouge vif, ce qui lui donnait une originalité indéniable. De plus, tout son être dégageait une énergie vibrante. Dans le reflet de ses yeux brillait une lueur incendiaire, on pouvait percevoir un air de défi.

"Oui, mon colonel!" lança-t-elle avec détermination.

"Tu as une mission ordonnée par sa majesté. Tu dois te rendre au manoir du comte Valdemir et trouver une bague curative. Je te remets cet objet qui te permettra de tracer cette bague. Tu dois partir sur-le-champ, car le temps est compté".

"Je le ferai avec honneur!"

"Vigilance et prudence seront vos alliées, soldat Rébellion."

Rébellion prit la direction du manoir accompagnée de son fidèle cheval, Ipony. Arrivée sur place, la vaillante cavalière descendit de son cheval et se dirigea vers la porte d'entrée du manoir. Elle pénétra dans le vieux manoir. À l'intérieur, un grand hall l'accueillit. Lorsqu'elle pivota sur elle-même, Rébellion vit au bout de cette pièce gigantesque, une embouchure qui menait à une intersection. Il y avait trois couloirs, l'un qui menait au nord, l'autre à l'ouest et le dernier vers l'est.

"Quelle direction devrais-je prendre?" se demanda-t-elle.

Elle eut un moment d'hésitation. Finalement, par instinct, elle prit le couloir vers l'est. Dès qu'elle fit quelques pas, elle reçut un jet de flamme, mais Rébellion fut aussi agile qu'une gazelle, elle l'évita de justesse. Il s'en est fallu de peu qu'elle s'enflamme comme une guimauve! Elle emprunta le couloir à l'ouest. Cette humanoïde avançait avec vigilance. Était-ce assez pour éviter les embûches qui allaient se présenter devant elle? Rien ne pouvait présager ce qui était sur le point d'arriver…

Dès qu'elle posa le pied sur une dalle piégée, elle n'aurait jamais pu imaginer se faire surprendre, tombant dans une trappe ouverte dans le sol d'un vieux manoir.

Auteur : Mario Côté Poly

Les derniers mots écrits sur le pétale noir s'effacèrent. Au sol, les pétales se liquéfièrent en une encre noire qui disparut dans les craques du plancher. Le bar était silencieux, à l'exception du léger ronflement de Cocotte, endormi la bouche ouverte sur le comptoir, une flaque de bave commençant à se former. Même Malédiction, épuisée par son chagrin, avait fini par s'endormir.

Ils attendirent. Rien. Pas de chute, pas de vortex, pas de vomi. Le silence s'étira, devenant inconfortable.

"Elle ne reviendra pas comme les autres," brisa enfin la tension Mère Noël.

"Comment le sais-tu?" demanda Gaïa.

"Parce que cette histoire était différente," répondit la dame en rouge. "C'était une quête d'honneur. Son retour doit être… digne."

"Elle risque de prendre du temps avant de revenir, selon moi," répliqua une voix douce.

Nul ne s'était rendu compte que l'un des jumeaux s'était réveillé. Il était maintenant assis sur une chaise, l'air pensif. "Depuis quand es-tu réveillé?" demanda Apocalypse, surprise.

Mais ce fut l'autre copie, qui se tenait de l'autre côté de la pièce, qui répondit : "Depuis un moment. L'histoire venait tout juste de commencer."

Cette intervention attira le regard du premier, qui ne le lâcha plus. "Mais qui es-tu, toi?"

"Je suis toi, sombre idiot!" Cracha le second avec un rictus.

"Qu'est-ce que ça veut dire?" demanda Kerrak, qui écoutait la scène.

"C'est simple," intervint le second. "Je suis Rupture, et lui, c'est Cupidon."

La déclaration tomba comme un choc.

"De quoi perdre la boule!" ricana la Folie.

Mère Noël s'interrogea : "Pourtant, Cupidon et Rupture sont une seule et même personne. Tu es donc une copie, un être du calendrier?"

"Non, je ne crois pas," cracha Rupture avec un rictus méprisant. "Je me souviens juste d'avoir ouvert les yeux dans cette putain de caverne. Je ne me voyais pas, mais je l'entendais chialer," dit-il en désignant Cupidon du menton. "En me réveillant ici, j'ai aperçu l'autre moitié de moi, et j'ai compris que nous avions dû être séparés."

Apocalypse croisa les bras. "Ça répond à cette question, mais ça ne nous éclaire pas sur pourquoi l'un de vous suppose que Rébellion ne reviendra pas tout de suite."

Ce fut Cupidon qui prit la parole, sa voix douce contrastant avec celle de son double. Son regard était fixé sur l'endroit où l'histoire avait été projetée. "C'est pour moi une évidence, vu son tempérament de rebelle. Sa mission n'a pas été achevée. Elle a la force de caractère pour contourner les lois, même magiques, afin d'aller jusqu'au bout de ce qu'elle s'est juré d'accomplir."

Un silence respectueux suivit sa déclaration. L'idée qu'un personnage puisse avoir une volonté assez forte pour défier le mécanisme même du calendrier était nouvelle et troublante.

C'est Mère Noël qui bougea la première, se dirigeant vers la pile de débris qu'Apocalypse avait balayée plus tôt. "Si elle prend son temps, nous n'avons pas cette chance. Il faut trouver la prochaine case."

Elle commença à fouiller dans le tas de poussière et de débris.

(Trouvez le Jour 20 dans le calendrier et allez à la page indiquée)

Jour 2

Cocotte se tenait debout sur le thorax de Korr, toujours perplexe. Le grand guerrier n'avait pas bougé d'un iota... De sa petite patte, il tira sur la paupière de l'homme, révélant un œil perdu dans les limbes. "Aïe, mesdames, vous avez la moindre idée de quand il va revenir à lui?"

"Aucune idée", répliqua Gaïa.

"Tu pourrais lui foutre la paix en attendant? On aurait besoin d'aide ici pour trouver les bons morceaux," lança Mère Noël, visiblement agacée.

Cocotte laissa retomber la paupière dans un bruit de succion moite. "Il a vraiment l'air parti pour roupiller un long moment", déclara-t-il avant de lui gifler les joues à plusieurs reprises de toutes ses forces.

Apocalypse, qui assistait à la scène, esquissa un sourire : "Si tu continues comme ça, on va devoir faire appel à la fée des dents."

Cocotte éclata de rire, amusé par l'idée. Puis, tout à coup, il bondit sur place et commença à lui sauter sur le torse à deux pattes, en criant "Un! Deux! Un! Deux!" comme un sergent d'entraînement. À chaque impact, on entendait les côtes de Korr craquer un peu plus.

"Bon, ça suffit, ma petite boule de poils!" s'énerva Mère Noël en tapant du poing sur la table. Dans ce dernier acte d'impatience, le morceau qu'elle tentait de placer depuis plus de vingt minutes s'enclencha enfin dans sa fente.

Un cliquetis familier résonna, suivi du grincement du mécanisme, comme s'il protestait de mécontentement.

"Oui, tu vois, tu l'as eu toute seule comme une grande!" ricana Cocotte. "Comme quoi, une bonne claque, ça remet parfois les idées en place."

Gaïa arborait un air enjoué, mais contenu, tandis que la dame en rouge semblait à deux doigts de transformer le pauvre lapin en tapisserie murale. Elle se contenta pourtant de lâcher un murmure acide : "Sombre idiot."

La projection de la deuxième case fut plus compliquée à visionner pour les clients du bar. Pour une raison inexpliquée, elle s'ouvrit directement sous la table, se dessinant sur le plancher. Tous furent donc obligés de se rapprocher… malencontreusement, les uns contre les autres.

À l'Aube d'une Nouvelle ère

En recherchant le prochain pigeon qui servirait mes fins crapuleuses, j'aperçus un idiot déblatérer des conneries sur une estrade.

"Il est temps de reprendre le contrôle! Les étrangers, les dealers et toutes ces raclures n'ont pas leur place ici! Votez pour moi! Vos enfants pourront à nouveau jouer dehors en sécurité!"

Il me plaisait : raciste, intolérant, haineux, et surtout, influant. L'homme idéal.

Il descendit de son piédestal et entra dans un immeuble d'affaires. Je le suivis et m'installai en face de lui. Aucune réaction.

"Si tu ne me vois pas, m'entends-tu?" Demandai-je.

"Qui est là?" S'écria-t-il, sortant un pistolet.

Un sanguin, j'aimai bien.

"C'est ta grand-mère, pauvre cloche!" riai-je.

"Grand-mère?"

Qu'est-ce qu'il était con! Je jouai le jeu et ne révélai pas ma véritable identité : Guerre, Cavalier de l'Apocalypse, qui comme mon nom l'indique, déclenche quelques "désagréments" chez les humains.

"C'est moi mon petit!" Me moquai-je.

"Je suis tellement heureux que tu sois là! Je suis un homme important maintenant et je vais devenir président."

"Mais ferme-la! C'est insupportable!"

Je regrettai déjà.

"Viens-tu à moi car je vais bientôt mourir?"

"Non, sombre crétin. Je viens t'aider."

"M'aider?"

"Oui mon poulet! Tu veux devenir président?"

Cet idiot obéissait au doigt et à l'œil à sa grand-mère. Et si mamie avait dans l'idée de déclencher une guerre? Je jubilai!

Peu après, Donny était devenu Président. Les foules hurlaient son nom. Personne ne s'attendait au chaos que j'avais préparé.

"Donny, il va falloir qu'on travaille!"

"Mamie, laisse-moi encore fêter un peu mon élection."

"Encore de la drogue et des prostituées?"

"Ça ne fait qu'une semaine, j'ai encore le temps de travailler. Je veux profiter de mon nouveau pouvoir."

"Quand t'auras fini de réfléchir avec ton entrejambe, appelle-moi!"

Ce gamin devait rapidement se mettre au travail car mon temps était compté. Sans une guerre rapidement, j'allais recevoir une correction de ma sœur Apocalypse, et l'humiliation de ma famille.

"Je rigole, regarde ça."

Il saisit son téléphone. La conversation fut brève mais il souriait à pleines dents.

"Voilà, je viens de virer tous ces écolos de merde."

"J'en ai rien à foutre des écolos!"

"Tu m'as dit de faire quelque chose."

"En quoi cela va t'aider dans ta quête de puissance?"

"À rien, je n'aime pas les écolos, ils me font tous chier."

Ce crétin n'en faisait qu'à sa tête. J'ai passé des semaines avec lui afin qu'il me serve. Il a tellement pris en confiance qu'il n'écoute plus rien. S'il pouvait voir mon apparence, avec mon armure rutilante et ma stature imposante, je pourrais lui mettre un bon coup de pression. C'est sûr que mamie Suzanne, c'est moins flippant.

"On pourrait préparer des avions pour renvoyer les étrangers chez eux, comme c'était prévu, et avec tous ceux qui se mettront en travers de mon chemin."

"Tu sais comment me faire plaisir," répondis-je affectueusement.

"Je t'ai beaucoup déçu, mais maintenant que tu es de retour, j'aimerais que tu sois fier de moi."

"Bien mon grand, tu sais ce qui me ferait plaisir? J'aimerais que tu libères immédiatement certains prisonniers injustement enfermés qui ne faisaient que se défendre contre la racaille."

Il fallait que j'active une révolution, et cet homme avait le pouvoir de libérer des criminels.

Ses décisions commençaient à faire effet mais Donny ficha tout en l'air. Sa secrétaire avait apporté un café trop chaud et il l'avait tuée avec son pistolet avant de tirer sur tous ceux qu'il croisait. En bas de l'immeuble, la police l'embarqua.

Quand on lui demanda pourquoi, il répondit simplement que sa grand-mère le lui avait demandé et fut interné immédiatement. On lui donnait tellement de médicaments qu'il ne percevait plus ma présence mais continuait à me parler en faisant lui-même les questions et les réponses.

Un véritable échec! Il fallait absolument trouver quelqu'un avant que ma sœur l'apprenne.

Je partis vers un village d'Afrique, pensant qu'une personne vivant dans la misère et la désinformation du monde serait plus malléable qu'un abruti comme Donny.

C'est alors qu'une fillette me percuta de plein fouet. Elle leva ses yeux noirs sur mon armure et partit en courant dans une ruelle.

Je la suivis et la trouvai cachée derrière des cagettes vides. Je n'avais plus de temps à perdre.

"Bonjour fillette, je suis Guerre et je vais changer ta vie."

"Vos propositions obscènes ne m'intéressent pas!" cracha-t-elle.

"Je sais à quoi tu penses, mais je viens seulement te proposer une vie meilleure!"

"Ma vie me convient, maintenant partez!"

"Ça te convient de t'asseoir dans la boue pour manger une banane volée?"

"Monsieur Guerre, ce n'est pas parce que tu portes un habit de métal qu'il faut te prendre pour le Roi du monde."

"Tu n'as aucun avenir ici. Dans un ou deux ans, on va te marier à un vieux cochon. A quinze ans, tu auras déjà deux ou trois enfants qui crèveront la dalle car ton vieux mari dépensera son peu de fric dans des combats de coqs. Ils tomberont malades et mourront, mais ce n'est pas grave parce qu'on t'aura de nouveau engrossée."

"Monsieur Guerre, je ne crois pas au destin. Peut-être qu'aujourd'hui j'ai volé une banane mais demain qui sait ce que je ferai?"

"Tout le monde a une destinée!" beuglai-je.

"Qui t'a dit ça? Ta famille? Je ne suis pas si bête, je sais ce que signifie le mot guerre. Je sens la mort autour de toi."

"Tu es bien effrontée pour ton âge et je dois déclencher des guerres car le monde tourne comme ça depuis toujours."

"D'après qui?"

Elle m'énervait. Pour la première fois, le doute s'installait en moi. Apocalypse se servait-elle de moi?

"Tu sais Monsieur Guerre, toi aussi, tu peux dessiner ton propre chemin."

"Mais pourquoi s'appeler Guerre alors? Que penseront les autres?"

"En faisant ta vie en fonction de ce qu'on t'ordonne ou de ce que penseront les autres, seras-tu vraiment heureux?"

"Je suis là pour détruire, pas pour être heureux."

"Et pourquoi pas?"

"T'es heureuse toi? Une voleuse qui préfère la crasse à un destin glorieux."

"Je refuse de participer à une guerre."

"Mais pourquoi? Est-ce qu'aujourd'hui quelqu'un t'a apporté à manger par sympathie? Est-ce que demain on annulera ton mariage parce que tu n'as pas envie? Les Hommes ne sont pas bons."

Je voulais qu'elle arrête de me retourner la tête et qu'elle prenne conscience que son monde n'était pas aussi beau qu'elle le pensait. Je n'aurais jamais dû m'adresser à une enfant.

"Je serai heureuse! Je chéris l'humanité et la diversité qui la compose. Comprends que ma condition actuelle ne fait pas ce que je serai plus tard. La vie est courte, alors remplis-la de belles choses au lieu de courir après l'inatteignable. Tu as déclenché beaucoup de conflits mais ils se sont tous arrêtés, car les Hommes veulent la paix et l'amour. La nuit ne dure pas éternellement, le soleil finit toujours par se lever."

Je partis bouleversé. Je n'aurais jamais pensé être tourmenté par les paroles d'une gamine. Que pensera ma sœur de mon échec? Toutes mes guerres ne sont-elles pas des échecs si elles se finissent par la paix? Mon existence a-t-elle vraiment un sens? Et le bonheur… Qu'est-ce que le bonheur?

L'esprit torturé, je m'enfonçai dans le désert et tombai dans une fosse sèche.

Auteure : Audria Engel

Suite —

L'image disparut comme elle était venue. Apocalypse éclata de rire en voyant son frère désarçonné par une gamine… mais son amusement fut de courte durée : en se relevant, elle se cogna l'arrière de la tête sous la table et poussa un cri de douleur.

Cocotte s'effondra sur les fesses, ses deux pattes avant serrant son ventre tandis qu'il se moquait d'elle : "Attention, les tables sont courtes sur pattes!"

Mère Noël y alla de sa propre réflexion, plus acide : "Dommage qu'on ne puisse pas le laisser là-bas, lui. On s'en porterait bien mieux!"

Gaïa, dans sa sagesse, rétorqua simplement : "C'est l'ironie de l'équilibre."

Apocalypse, se frottant le crâne, choisit de ne pas répondre. Elle avait autre chose à penser : elle poursuivit sa fouille minutieuse derrière les bouteilles et les verres du comptoir, à la recherche de sa poupée.

Cocotte s'élança pour la suivre, mais Mère Noël l'attrapa par les oreilles et l'assit de force sur une chaise à ses côtés, malgré ses protestations. "Où crois-tu aller, toi? Viens ici nous aider!"

"Mais Guerre n'est même pas revenu encore… On a le temps pour un petit encas, non?"

(Trouvez le Jour 3 dans le calendrier et allez à la page indiquée)

Jour 21

Joseph était assis au comptoir du bar, en pleine conversation avec la seule personne qui n'avait pas d'autre choix que de l'écouter. Lolo, dans un coin sombre, fixait le mort-vivant sans dire un mot. Elle aurait beau avoir le goût de parler, personne ne pouvait la comprendre.

Cocotte, qui venait de se calmer, alla les rejoindre. Le petit lapin se posa sur le rebord du comptoir et dit à Joseph : "Tu sais, Joseph, il fut un temps où s'asseoir sur un tabouret devant l'étalage de bouteilles était un privilège. Les histoires étaient de rigueur, les boissons toujours froides, car le serveur veillait à ce que tout soit parfait. Le ragoût au poivre réchauffait les papilles, et tu pouvais finir en rinçant ton gosier

341

avec un mélange de liqueurs fort et unique, dont seul le Minotaure avait le secret."

Joseph fit tournoyer le fond de son verre vide. "Un Minotaure, tu dis? On dirait le début d'une fable. Un barman cornu, servant les damnés au lieu de les juger…"

Cocotte haussa les épaules, ses longues oreilles battant doucement l'air. "Appelle ça comme tu veux. Mais dans son antre, personne n'entre sans dette. Et personne n'en sort sans payer."

Joseph ricana, un son rauque, brisé. "Et qu'est-ce qu'on paie, dans ton histoire? L'addition ou l'âme?"

"Parfois les deux," répondit le lapin. "Mais ce n'est pas le genre d'endroit où l'on choisit. C'est le genre d'endroit où l'on réalise trop tard ce que l'on a commandé."

Lolo frissonna, son regard se perdit vers le miroir fêlé derrière le comptoir. Dans la glace, le reflet de Joseph semblait encore plus creux, plus vide, comme s'il attendait justement qu'un verre s'y remplisse.

Chacun, occupé à ses petites affaires, n'avait remarqué que Rupture s'était mise à reconstruire la case du jour.

Quand celle-ci s'activa, le son qui résonna fut celui d'une vieille caisse enregistreuse. D'abord, les boutons mécaniques s'enfoncèrent les uns après les autres dans une succession de *chi-king... chi-king...*, suivis du roulement métallique du tambour à papier. On aurait juré sentir la main agripper le levier, tirer d'un coup sec, et voir la facture se dérouler lentement hors de la caisse dans un souffle de vapeur et de cuivre.

Les lumières se tamisèrent. Seul le miroir derrière le comptoir resta faiblement rétroéclairé. Leurs reflets s'y déformèrent, puis s'effacèrent, remplacés par une rue nocturne battue par une pluie fine.

Un taxi passa, roulant dans les flaques qui éclaboussèrent le trottoir d'un bruit mouillé, et le reflet pivota lentement, suivant un piéton solitaire qui ouvrit une vieille porte. La cloche d'entrée tinta.

L'angle changea encore : sur le miroir, on vit l'enseigne d'un bar s'illuminer un court instant sous un éclair.

"Le Calice de l'Abîme."

Le tonnerre gronda, l'image se dissout dans le noir… et laissa place à l'histoire du jour.

À Dette Reponsée

Comment oublier cette nuit-là? Ce client déjà ivre qui insiste pour un dernier verre. "Pour la route". Regard flou, cheveux hirsutes, nœud de cravate desserré et trois boutons de sa chemise ouverte.

Lorsque le barman avait lu, deux jours plus tard, le fait divers s'étalant à la une du journal local, il en avait eu des nausées : un accident mortel, une voiture à contre-sens qui percute un minibus familial. Un véritable carnage.

Un souvenir qui repasse sans cesse en boucle dans sa mémoire. Comme un disque rayé du temps presque préhistorique des vinyles. Lorsqu'il se voit dans le miroir, lui seul peut savoir la détresse immense qui se cache derrière son regard et le champ de ruines qui soutient son imposante posture.

"Bienvenue au *Calice de l'Abîme*". Les mots de cette vieille femme au corps fripé et à la tête de harpie résonnent encore dans sa mémoire. "Tu serviras ici jusqu'à ce que ta dette soit payée". Et encore, il pouvait s'estimer heureux que les taux d'intérêt ne soient pas en hausse.

Il avait, progressivement, apprivoisé ce corps massif, ses mains devenues presque trop grandes pour manipuler les verres délicats. La clientèle du *Calice de l'Abîme* ne l'aidait pas, défiant toutes les lois de l'imagination : des sirènes commandant des cocktails salés; des djinns ne buvant que des spiritueux enflammés; des fantômes demandant des boissons qu'ils ne pouvaient même pas consommer; jusqu'à Lucifer, en personne, accro aux diabolos.

La vieille harpie l'avait prévenu, il y a… si longtemps : "Tu dois enchaîner 99 nuits sans erreur. À chaque faux pas, le compteur repart à zéro." Dans les premiers temps, il n'avait jamais réussi à dépasser les quatre à la suite. Puis, la confiance venant, il avait commencé à enchaîner les *clean sheets*.

À partir de la 50e nuit, il avait remarqué que ses doigts semblaient moins épais, plus agiles. Dans le miroir, il lui semblait même que le jaune intense de ses yeux avait tendance à virer au brun. "Tu changes", lui avait lancé un faune accoudé au comptoir. "C'est bon signe. Très peu arrivent jusque-là."

Souvent, son compteur avait vacillé devant les pièges tendus par les gorgones, chimères et autres farfadets. Même Blanche de Beaumont et Bonhomme Sept Heures avaient tenté leur chance, mais en vain. Il avait tenu bon.

À la 83e nuit, il avait senti que son humanité commençait à revenir par touches subtiles. Surtout, il comprenait maintenant ce qu'il faisait là. Le client ivre de cette terrible nuit ne faisait que cacher tous les autres, ceux qu'il avait servis machinalement, sans jamais vraiment les voir. Ici, la façon dont il devait adapter chaque commande, toujours plus folle et saugrenue, lui enseignait l'attention véritable, l'empathie.

Le sphinx, qui ne parlait que par énigmes et ne voulait en réalité rien d'autre qu'un simple verre d'eau, cherchait avant tout une oreille attentive. Le vampire mélancolique ne venait pas tant pour le sang infusé à la menthe que pour échapper à sa solitude séculaire. Quant au cyclope, il avait bien compris qu'il lui avait tapé dans l'œil, mais il n'avait jamais cédé à ses avances.

La 98e nuit, un silence assourdissant avait accueilli l'entrée dans la taverne d'une créature encapuchonnée. "C'est la Bête immonde. Personne n'ose jamais la servir sous peine de disparaître à jamais", avait chuchoté une elfe à l'oreille du barman.

La créature s'était installée au bout du comptoir, nimbée d'une odeur de pourriture et de désespoir qui avait suffi à faire le vide autour d'elle. Lui seul avait osé s'approcher, son éternel chiffon à la main, écartelé entre la terreur et une formidable excitation née de cet instant quasi mystique.

"Que puis-je vous servir?" avait-il demandé, tentant au maximum de faire en sorte que sa voix ne trahisse pas son angoisse.

Deux yeux luisants d'un rouge intense l'avaient fixé depuis les profondeurs de la capuche. "Ce que personne d'autre ne peut m'offrir", avait-elle répondu, la gorge comme remplie de graviers.

Sans hésiter, le barman avait alors préparé un cocktail unique. Point de spiritueux ni de jus exotiques, mais des souvenirs de compassion distillés au fil des rencontres de ces derniers mois; une touche de sa propre culpabilité; un zeste de son espoir renaissant; un soupçon de défiance et, pour finir, une larme qu'il avait délibérément laissée tomber dans le verre.

La Bête immonde l'avait d'abord observé sous toutes ses coutures avant de le porter à ses lèvres. Une gorgée. Puis une autre. Le temps avait suspendu son vol. Elle semblait apprécier ce breuvage. Lorsqu'elle en but la dernière goutte, elle pencha tellement la tête en arrière que sa capuche glissa, révélant son visage. Le barman en était resté figé derrière son comptoir, en découvrant alors son propre reflet humain.

"Ta dette est presque payée", avait simplement lâché la créature avant de se lever et de disparaître une fois franchie la porte.

C'était hier. Mais son odeur pestilentielle flotte encore dans la taverne. Au crépuscule de cette 99e nuit, l'établissement est maintenant désert. Seule la vieille harpie tient compagnie au barman, avec, dans le regard, une douceur qu'il n'avait jamais remarquée auparavant. "Tu as réussi", lui dit-elle en lui prenant la main, avec une voix mêlant le regret de devoir se séparer de lui et l'admiration de ce défi relevé.

Elle contourne alors le comptoir et déplace une bouteille presque cachée dans un coin de l'étagère. Cela actionne le mécanisme d'ouverture d'une porte coulissante le long d'un des murs de la taverne, dévoilant un immense chaudron rempli d'eau noire.

"Voici ton passage", lui dit-elle simplement.

"Garderais-je mes souvenirs d'ici?"

"Uniquement ceux que tu choisiras d'emporter."

Il prend une longue inspiration, plonge sa main dans le chaudron et se laisse entièrement engloutir dans l'eau noire et profonde, sentant son corps de Minotaure se dissoudre à mesure qu'il s'enfonce. Avec pour seul bagage la valeur d'un regard authentique, la responsabilité contenue dans chaque verre servi, le pouvoir d'une simple attention.

Auteur : Jean-Michel Gaudron

Suite —

La réflexion n'avait pas encore fini que la guerre semblait avoir reprise entre Cupidon et Rupture…

"Comment ça? Lui, il va revenir avec ses souvenirs…" commença Cupidon, le ton plus songeur qu'accusateur. "... Un peu comme Malédiction qui n'arrête pas de gémir, mais qui se souvient au moins de ce qu'elle a vécu."

"Cupidon?"

"Oui, Rupture?" répliqua son double d'une voix chargée de sarcasme.

"Ta yeule… Sérieux, on s'en fout de ce qu'on a bien pu faire… T'as sûrement rendu un village tout entier amoureux d'un caillou durant ton histoire, te connaissant."

Malédiction ne commenta pas, mais son silence était lourd de sens. Elle aurait préféré mille fois oublier plutôt que de souffrir autant.

Cupidon ignora l'insulte, son regard se perdant dans le vague. "Peut-être est-ce là la clé. Nos histoires étaient peut-être trop… vides. Trop simples. Il n'y avait rien à retenir, rien qui ne pèse sur une âme."

Rupture explosa. "Ferme-la avec tes grandes théories à deux balles! Une âme? On est une flèche, un concept! On n'a pas d'âme, on a une cible!" Il se planta devant son alter ego, le torse bombé. "La seule chose qui pèse ici, c'est ta connerie!"

Joseph regardait de loin, n'osant pas parler, quand Cocotte grimpa sur son épaule, une patte cachant sa bouche afin de murmurer dans son oreille... "On se prépare du popcorn? Je sens qu'on va assister à une bagarre de bar..."

Folie leur fit faire un saut en arrivant comme un poil sur la soupe, son rire strident perçant la tension. "Une bagarre entre deux copies jumelles du même gars... Qui gagnerait?" Elle tapa dans ses mains, surexcitée. "Oh, c'est délicieux! C'est comme se battre contre son propre reflet!"

"Cocotte, as-tu du cash?" demanda Joseph à voix basse.

"Pourquoi du cash?..."

"On pourrait faire des paris sur lequel qui gagne," répliqua l'estropié avec un sourire en coin.

Le ton montait entre les deux entités.

"Tu n'es que l'ombre de ma fonction!" lança Cupidon, une lumière rosâtre commençant à émaner de lui.

"Et toi, tu n'es qu'une excuse sentimentale pour justifier ma finalité!" rétorqua Rupture, une aura sombre et crépitante l'enveloppant.

Ils se saisirent mutuellement par le col. La lumière et l'ombre s'entrechoquèrent dans un crépitement d'énergie. Mère Noël, qui venait de finir de balayer, leva les yeux au ciel. "Pas encore…"

La lumière et l'ombre qui émanaient de Cupidon et Rupture se dissipèrent, mais la tension resta palpable, suspendue dans l'air comme une corde raide. Ils se foudroyaient toujours du regard, prêts à reprendre leur querelle à la moindre étincelle.

C'est alors qu'on entendit un bruit provenant des cuisines. Un *slosh-thump... slosh-thump...* rythmé et liquide, comme une machine à laver détraquée.

"Euh… Y a-t-il quelqu'un qui aurait oublié une brassée de sous-vêtements dans la laveuse?"

L'interruption absurde de Cocotte brisa le silence. Joseph sourit, un rictus osseux s'étirant sur son visage. "De quoi tu parles encore," demanda Gaïa, perplexe.

"Je crois qu'il fait allusion au couple qui semble laver son linge sale en public," répondit Joseph en pointant de sa bière Cupidon et son jumeau.

"Je suis désolé le jeune, mais je ne parle pas de ces deux-là," fit remarquer le lapin en plissant le nez. "Écoutez. Vous n'entendez pas le bruit d'eau qui brasse et cette odeur de moisissure? D'eau stagnante et de regrets oubliés."

Pratiquement au même moment, le bruit s'arrêta. Un silence d'une seconde, puis un ≀ *THWUMP* ≀ colossal et humide résonna, comme si on venait de frapper le sol avec un gros drap détrempé.

La Folie, les yeux brillants de curiosité, bondit de son siège et se précipita vers l'arche des cuisines. On l'entendit pousser un cri. Elle repassa la tête dans l'embrasure, un sourire dément fendu jusqu'aux oreilles.

"Apocalypse, le barman est de retour! Mais il est inconscient."

(Trouvez le Jour 22 dans le calendrier et allez à la page indiquée)

Jour 14

Un goût boueux dans la gorge, c'est la première chose que Mère Noël sentit en revenant à elle. L'air était encore épais de poussière. Elle se releva, le corps endolori. Son mari n'était pas là. Le Père Noël de l'histoire, celui qu'elle venait de voir être enterré, n'avait pas traversé. Elle regarda chaque coin sombre, espérant contre toute attente. Rien.

"Ce n'est pas un cadeau, hein?" murmura-t-elle pour elle-même. "Va-t-il falloir attendre le 25 au matin sous l'arbre?"

Elle se traîna jusqu'à la porte. En l'ouvrant, elle ne vit pas le monde extérieur, mais un mur solide et froid. Une masse sombre et compacte. En y regardant de plus près, son sang se glaça : des asticots blancs grouillaient à la surface de la terre humide. C'était l'hécatombe.

Elle referma la porte dans un claquement sec, le dos glissant contre le bois. Tout ça pour ça. Remettre le calendrier en état, affronter le chaos, pour se retrouver emmurée vivante avec des vers, sans son mari. Son esprit se brouilla, comme si la poussière à l'extérieur s'infiltrait dans ses propres pensées. Tout était détruit.

Elle fit le bilan, à voix basse, comme une litanie de folie : "Apocalypse, qui a volé la magie de Noël..."

"Aïe... Oh... Je l'ai emprunté", répliqua Apocalypse, mais Mère Noël ne l'écoutait pas.

"... un lapin des plus énervants... toujours après boire, toujours à mettre sa patte là où il ne faut pas..."

"Pour ma défense, je rappelle que ça prend beaucoup de liquide pour faire des œufs de Pâques. Vous n'imaginez pas le mal que ça fait et ce que ça prend à fabriquer et à pondre.", lança-t-il, mais encore une fois, son intervention ne trouva pas d'appui.

"… Gaïa, une force de la nature qui a tout emprisonné… Cette force aurait aussi bien pu faire sombrer la Terre entière en traversant ce désert d'infortune…"

"Pour ma défense, je ne sais pas comment j'ai pris racine ici."

Mère Noël rétorqua sans lever le regard. "Rien à foutre, vraiment…"

Puis son regard se posa sur les clients qu'elle avait évités toute sa vie. "Chaos, l'origine de la discorde, pourtant si près de la nature qu'on sent sa semence dans les forêts." Elle pencha sa tête de côté, regardant la Folie. Elle ne lui parla pas, mais continua de penser à voix haute. "Elle… Ah, la maîtresse de tous nos parents! On ne veut pas vivre avec, mais on la côtoie à l'occasion." Son regard glissa ensuite sur la brochette de corps inconscients adossée au mur. Un rire sans joie s'échappa de ses lèvres.

"À bien y penser..." dit-elle soudain, son ton changeant complètement. "Mais où est Pestilence? Est-il toujours à l'extérieur?"

"Oh, arrête de te plaindre, ma vieille!"

La voix stridente de la Folie les fit sursauter. Assise sur le comptoir, elle jonglait nonchalamment avec les pièces du calendrier du jour. Elle les avait visiblement ramassées pendant que tout le monde était en état de choc.

"On s'ennuie, ici. Il est temps de passer au prochain spectacle!" Avec un ricanement, elle lança les pièces en l'air. Elles retombèrent en désordre sur la table, s'éparpillant autour du cadre vide du calendrier. Une des pièces ricocha et frappa Mère Noël au front. "Voilà!" lança la Folie avec un sourire dément. "Le puzzle est servi. À vous de jouer!"

Poussant un grognement de pure exaspération, Apocalypse se leva et attrapa la première pièce. "Faisons en sorte que ce soit rapide. Je n'en peux plus d'entendre tout le monde se plaindre."

Elle plaça la première pièce. Mère Noël, se frottant le front, en attrapa une autre et l'inséra à son tour. Malgré le chaos, la colère et le désespoir, le rituel reprenait.

Mais rien ne se produisit.

Un silence perplexe s'installa. Les personnages se regardèrent, un doute s'installant dans leurs esprits.

Joseph, qui avait enfin brisé sa prison de glace à l'exception d'un bloc tenace qui s'accrochait encore à sa cheville, se traîna jusqu'au comptoir en faisant grincer ses os. "Au fait, où sommes-nous?" demanda-t-il, sa voix rauque pleine de confusion.

"On est dans le Bar Céles…"

La voix de Chaos fut tranchée net par une autre voix. Forte, sans provenance, et d'une froideur absolue qui contrastait avec la chaleur sèche qui commençait à envahir la pièce. Elle ne venait pas d'un point précis. Elle était partout et nulle part en même temps, emplissant chaque recoin du bar sans pour autant sembler plus forte à un endroit qu'à un autre.

L'histoire s'était asséchée de toute image. Il n'y avait rien à voir.

"Je suis la Destruction. Je ne laisse pas de témoin. Je suis nulle part et partout à la fois."

La narration commença, dictée par cette présence invisible, forçant chacun à puiser dans sa propre imagination pour se forger le théâtre du récit du jour.

Appétit de Destruction

Destruction marchait seule dans un désert rempli de ruines. Il n'y avait ni plante, ni vent, ni trace de vie. À chaque pas, la poussière s'effritait comme de la cendre. Là où elle passait, les pierres se fissuraient, les couleurs s'éteignaient, et même les souvenirs semblaient disparaître peu à peu.

Sa tête, celle d'une licorne argentée, brillait sous un soleil brûlant. Elle semblait presque divine. Mais son corps maigre ressemblait à une épave qui tenait à peine debout. Sa peau, très pâle, presque transparente, laissait paraître des veines violacées. Ses cheveux argentés flottaient doucement autour de sa tête, comme les restes d'une couronne oubliée. Un sourire étrange, à mi-chemin entre la moquerie et le plaisir coupable, s'étirait sur ses lèvres.

Elle n'était ni vraiment vivante, ni totalement morte. Un drôle de sourire, un peu moqueur et cruel, transparaissait entre les lèvres, laissant entrevoir une rangée de dents jaunies.

Elle ne se souvenait plus de sa naissance. Seulement d'avoir été rejetée, chassée d'un monde qui ne voulait pas d'elle, abandonnée comme une orpheline par une famille aveugle et ignorante.

Un jour, alors que tout au loin n'était que noirceur, elle aperçut un vieux temple effondré, recouvert de cendres. Au milieu, il y avait un siège étrange. Il était fait d'un bois très sombre, presque noir, et recouvert de symboles qui semblaient bouger quand elle les regardait.

Destruction posa ses doigts maigres sur le bois. Il frissonna sous sa main, comme s'il respirait. Poussée par une force invisible, elle s'assit. Sa robe noire, trouée et effilochée, s'étala doucement sur les marches, silencieuse comme une ombre.

Puis, soudain, le sol trembla.

Le trône devint liquide. Une bave noire et brillante, avec des reflets arc-en-ciel, coula entre les gravures, glissa sur ses jambes, et engloutit ses pieds. Avant même qu'elle puisse réagir, une bouche immense jaillit du sol. Elle n'avait ni yeux ni visage, juste un énorme trou de chair dégoulinant de salive, comme une grotte vivante.

Destruction n'eut pas le temps de hurler. La bouche l'avala lentement, dans un bruit gluant, comme si elle goûtait chaque morceau de son corps. Elle chuta, aspirée dans le néant.

Elle tomba longtemps. Très longtemps.

Le vide n'était pas silencieux. Il avait une odeur et une chaleur étrange. Ça sentait le métal, le sang ancien, les regrets. Puis, brutalement, elle s'écrasa sur le sol.

Elle se releva.

Le monde avait changé. Tout était gris. Le ciel, bas et lourd, semblait fait de suie. Autour d'elle, il y avait d'immenses statues brisées : des têtes d'enfants sans yeux, des mains géantes tendues vers le néant. Un vent froid soufflait, transportant des cris lointains. Elle comprit aussitôt : elle se trouvait dans une création issue de sa propre force. Un miroir sombre de ce qu'elle laissait derrière elle. Un monde qu'elle avait anéanti… mais qui refusait de disparaître.

Une créature apparut dans le brouillard. Elle n'avait pas de forme précise. C'était comme un tas de chair abîmée. Elle s'avança, lente et affamée.

"Tu es celle qui a tout pris," murmura la Bête dans une langue que seule Destruction comprenait.

D'autres suivirent. D'abord une, puis dix. Elles glissaient, flottaient, rampaient, hurlaient sans fin. Ces créatures étaient nées du vide qu'elle avait laissé. Elles étaient ses œuvres. Ses enfants.

Mais elles ne venaient pas pour l'aimer. Elles venaient pour la dévorer.

Destruction voulut fuir. Mais à chaque pas, le sol s'écroulait sous elle. Elle tendit les bras, lança une vague d'énergie vide… mais cela ne fit que nourrir les monstres. Ici, son pouvoir ne détruisait pas : il nourrissait leur appétit.

Elle comprit alors : ce monde n'était pas là pour l'enfermer. Il était là pour la juger.

Elle tomba à genoux.

Et pour la première fois, elle ressentit autre chose que la destruction : la peur. Une peur sourde, profonde. L'horrible idée lui traversa l'esprit : et si elle n'avait été qu'un outil? Une erreur qui avait trop duré.

Une dernière créature s'approcha. Celle-là portait une tête identique à la sienne : une licorne, maigre et vide.

"Tu as détruit ce que tu étais. Maintenant, regarde ce que tu es devenue."

Alors la grande bouche de bave réapparut. Immense. Terrifiante.

Mais cette fois, Destruction ne recula pas.

Elle la regarda droit dans la gueule. Et elle sourit.

Elle comprit que tout était un cercle. Que la fin rejoignait le début. Et qu'il n'y avait jamais eu d'échappatoire.

Alors, lentement, elle tendit les bras.

Et se laissa avaler une seconde fois.

On raconte qu'une brume étrange flotte parfois dans les terres oubliées. Une brume argentée, où l'on aperçoit une silhouette troublante : une licorne au visage humain, figée dans un sourire.

Et si vous vous approchez trop…

Elle vous chuchote ce qui doit disparaître.

Et elle vous l'arrache.

Auteur : Robert Bergevin

Suite —

La voix de la Destruction s'éteignit, laissant un silence encore plus lourd et plus sec que l'air ambiant. Le "théâtre de l'imagination" se referma, ramenant brutalement les personnages à la conscience de leur tombeau poussiéreux.

"C'est fini," souffla Apocalypse, toussant dans le nuage de poussière.

"Elle n'est pas revenue," constata Mère Noël en scrutant les ombres.

Au centre de la pièce, le sol se mit à onduler. Le plancher de bois ne craquait pas; il devenait liquide, se transformant en une flaque circulaire de noirceur pure et brillante. Une odeur de métal et de regrets anciens monta de la fosse mouvante.

"Par tous les enfers…" murmura Chaos en reculant d'un pas.

Du centre de la flaque noire, une main émergea. Maigre, pâle, presque transparente. La main s'agrippa au bord du plancher solide, puis une deuxième. Lentement, comme si le vide la régurgitait à contrecœur, la silhouette de Destruction fut expulsée de la fosse liquide. Elle était couverte de cette bave noire et scintillante, ses cheveux argentés collés à sa tête de licorne, son corps humain, maigre et frêle, tremblant de tous ses membres.

Elle se hissa sur le sol solide, laissa la flaque de néant se refermer derrière elle dans un bruit de succion, puis s'effondra, inconsciente.

Cocotte, sortant la tête de l'armoire, couina : "Beurk! Faut pas mettre ça sur le tapis!"

Mère Noël s'approcha prudemment du corps inerte. "Un de plus pour le mur…"

Mais en regardant le sol, elle s'arrêta. La flaque de néant n'avait pas complètement disparu. Là où elle s'était refermée, une dizaine de petits objets blancs et durs étaient apparus, disposés en un cercle parfait. Ils ressemblaient à des cailloux polis, mais en y regardant de plus près, il n'y avait aucun doute.

C'étaient des dents. Humaines, animales, monstrueuses… un assortiment macabre.

Le regard de Mère Noël était paniqué. Elle tira sur le bras de Gaïa. "Viens m'aider! Il faut vite ouvrir la prochaine case!"

(Trouvez le Jour 15 dans le calendrier et allez à la page indiquée)

Jour / 2

Les arbres de givre commençaient à s'effriter, se désagrégeant comme du papier brûlé sur lequel on aurait soufflé. Dans un nuage de poussière et de cendre, les lianes se rétractèrent, laissant les morceaux du calendrier tomber mollement.

Mère Noël poussa un cri d'effroi en apercevant le nouvel arrivant : Pestilence. Il était affalé au sol, son teint d'un gris anormal, son corps déformé couvert de plaies ouvertes et de fissures.

Apocalypse s'approcha nonchalamment. "Ah, c'est juste mon frère. Habituellement, il a un épiderme presque translucide, mais c'est bien lui."

Comme pour confirmer sa présence, la carcasse inerte lâcha une flatulence sonore. Une odeur de cadavre qui aurait vomi ses propres tripes après un jeûne trop long envahit la pièce.

"Et ça," ajouta Apocalypse en se pinçant le nez, "c'est son parfum préféré."

La puanteur était si âcre qu'elle avait un goût, une saveur de derrière d'une belle puante mal lavée sur les papilles. Cocotte, dans un cri de panique, se lança à la course pour se réfugier dans une armoire, serrant la poupée Joseph contre lui.

Même le mort-vivant, qui avait enfin sorti la tête de la glace, ouvrit brutalement les yeux en hurlant. "Quelle est cette horreur?! Renvoyez-moi en enfer! Remettez-moi sur la glace! N'importe quoi, mais faites quelque chose!" Son intervention surprit tout le monde. Le vrai Joseph était pratiquement libéré, et il était bien en vie.

La Folie, qui venait de retrouver son enveloppe corporelle, maudissait déjà sa décision. Chaos, quant à lui, se leva, outré. "Ce n'est pas humain de sentir comme ça! Il exagère! Apocalypse, ouvre une fenêtre!"

Sans demander l'avis de personne, il empoigna la cheville de Pestilence entre son index et son pouce, comme s'il craignait que l'odeur ne le contamine. La tête traînant au sol tel un sac poubelle, il le tira jusqu'à la porte d'entrée, l'ouvrit, et le balança littéralement dehors comme on se débarrasse d'une vieille couche souillée, avant de la refermer si fort que la structure du bar en fut ébranlée.

C'est à ce moment que Gaïa ouvrit des yeux exorbités. "Bon sang, qu'avez-vous fait ici?" dit-elle en balayant la cendre qui était tombée sur elle.

Puis on entendit s'exclamer : "J'ai trouvé!"

Ce n'était pas la voix de Gaïa. La Folie, qui s'était faite discrète, venait de bondir sur un morceau de bois à ses pieds. Avec une rapidité surnaturelle, elle le plaça sur le calendrier.

Le mécanisme du calendrier s'enclencha, mais le son semblait rouler à l'envers, un tac-tic grinçant et contre nature. Mère Noël la fusilla du regard. Le sourire excentrique et forcé de la Folie ne lui inspirait aucune confiance. La dame en rouge se précipita vers la table en déclarant : "Ça ne va pas! Pourquoi fait-il ce bruit-là? J'espère que tu n'as pas mis la mauvaise pièce!"

La Folie ignora sa panique et se mit à répéter d'une voix monocorde, comme possédée : "Tic. Tac. Tic. Tac…"

Le temps se mit à ralentir. La voix de la Folie retentit dans leur esprit, occupant toutes leurs pensées. Leurs corps ne répondaient plus. "Tic. Tac. Tic. Tac…"

Sous leurs yeux, l'apparence du bar se brouilla, les couleurs se mélangeant comme de la peinture fraîche, avant de laisser place à l'histoire du jour.

Une Route sans Chemin

L'homme erre dans ce bâtiment depuis si longtemps… Cette vieille bâtisse délabrée est remplie de bons souvenirs, mais surtout de mauvais… même de très mauvais.

Il fait le même trajet, jour après jour, les images défilent dans sa tête embrumée.

Aujourd'hui, il a encore plus mal à la tête qu'à l'habitude, ses souvenirs sont encore plus flous.

Il se déplace lentement dans ce manège sans fin. L'Homme revoit son admission lorsqu'il n'était encore qu'un enfant et pense à la dernière fois qu'il a vu ses parents.

"Pourquoi m'ont-ils abandonné ici?"

"Que ce que j'ai fait pour mériter ça?"

"On vivait pourtant une belle vie…"

Il passe la porte pour continuer son trajet quotidien.

La pièce est remplie de tables, de chaises et d'équipements de cuisine entassés dans tous les coins de la salle.

"C'était ici que j'ai rencontré Andrei pour la première fois."

"Andrei…"

L'Individu, de plus en plus en colère, continue son chemin.

Dans une grande pièce remplie de civières et d'équipement médical, l'Homme s'arrêta quelques secondes, les souvenirs semblent lui peser lourd. Il se rappelle les moments de rigolades passés avec Andrei pendant les injections et les prises de sang.

"Andrei, on s'amusait si bien malgré cet enfer autour de nous…"

La colère est de plus en plus présente chez l'Individu, il commence même à avoir les poings et le visage crispés.

L'Homme poursuit son périple. Il s'arrête devant la salle du personnel.

"Ils se chicanaient si souvent ici…"

"Pourquoi l'ambiance était-elle si mauvaise parmi les gens qui devaient s'occuper de nous?"

À cet instant, l'Individu ressent une telle poussée de colère qu'il éprouve une sensation de compression au niveau du thorax et n'a pu s'empêcher d'extérioriser sa rage enfuie en lui depuis si longtemps.

"AÏE! Ma main!"

Il devient pensif.

"Pourquoi ce tour est-il si différent des autres?"

"Bordel que j'ai mal à la tête…"

L'Homme prend quelques secondes de plus pour essayer de se ressaisir.

"Je vois de plus en plus embrouillé! C'est quoi ce bordel?"

Malgré tout, il continue son chemin presque mécaniquement et s'arrête devant une grande fenêtre qui donna sur la cour extérieure.

"Je me rappelle…"

"AH! Mon mal de tête!!"

"Je…"

"Je me rappelle… de nos rares périodes à… l'extérieur"

Il reprend sa marche péniblement avec une colère inexplicable qui grandit au fur et à mesure de son trajet.

"Et voilà… le dortoir…"

"Et comme à chaque fois…"

Et tout d'un coup, les souvenirs de l'Homme s'éclaircissent alors qu'il revisite une scène de son passé.

"Quoi?"

"Andrei!?!"

"Que fais-tu au sol?"

"On est en plein milieu de la nuit."

Il sort de son lit, s'approche et voit qu'Andrei est inerte.

L'Enfant crie de toutes ses forces.

"À L'AIDE! J'AI BESOIN D'AIDE!"

En très peu de temps, plusieurs membres du personnel sont au côté d'Andrei.

"Je commence le massage," dit une infirmière.

"Il faut appeler une ambulance," dit une autre.

"Non, impossible!" dit un Homme avec fermeté.

L'Enfant ne se contrôle plus. Il s'approche du Directeur de l'Établissement avec une telle intensité, qu'il lui fait peur.

"Tout est de ta faute, KERRAK!" dit l'Enfant.

"De ma faute!?!" dit l'Homme.

Avant que le directeur puisse continuer sa réponse, un étrange phénomène se produit.

"Que fais-tu!?!" dit le Directeur avec une pointe de peur dans la voix.

"Les lumières vibrent…" dit une infirmière déconcentrée par ce qui se passe au-dessus d'elle.

L'Enfant est rouge de colère, les murs et le plafond commencent à trembler et tout d'un coup…

L'Homme s'évanouit…
L'Homme reprend ses esprits…
L'Homme est déboussolé…

L'Homme constate que l'endroit n'est plus comme dans ses souvenirs.

Tout est maintenant délabré.

"Que s'est-il passé?"

"Ah oui, c'est ce petit merdeux…"

"Et pourquoi, je suis à l'entrée du dortoir?"

L'homme regarde autour de lui pour s'apercevoir que tout est délabré.

Tout à coup, les murs et le plafond tremblent encore, mais d'une tout autre intensité.

"Oh merde! C'est quoi encore ce bordel !"

"Vite, je dois sortir d'ici!!"

L'Homme essaie tant bien que mal de s'extirper de cette ruine qui va bientôt s'effondrer.

Les murs s'affaissent, le toit va bientôt tomber sur sa tête pendant qu'il court toujours pour sauver sa vie.

"Je ne veux pas crever ici!!"

"Je suis si près de la cour extérieure"

"Je peux y arriver!"

L'Homme s'arrête sec devant la porte qui mène à l'air libre.

"Merde! Merde!"

"C'est bloqué!!"

"Je vais aller vers le secrétariat"

"C'est un peu loin…"

"Mais c'est ma seule…"

"QUOI!?!"

"AHHH!!"

"À L'AIDE!"

L'Individu s'effondre dans une ruine instable et disparaît sous les décombres.

Auteur : Simon Lacroix

Suite —

Le tic-tac hypnotique qui avait envahi leur esprit changea de tonalité. Doucement, le rythme se mua en un martèlement sourd et insistant : *Toc... toc... toc...*

Sans savoir combien de temps ils étaient restés dans cet état de transe, les personnages se mirent à cligner des yeux. Leur vision brouillée se dissipa lentement. La Folie se massait les tempes et fut la première à parler, sa voix inhabituellement perplexe. "Que s'est-il passé?"

"Comment ça, "que s'est-il passé"?" rétorqua Mère Noël, encore secouée. "Tu nous as tous envoûtés avec ton *tic-tac*!"

La Folie la dévisagea, l'air scandalisé. "Qui, moi? Pas du tout! Je venais de trouver un morceau quand tu m'as foncé dessus. Après avoir regardé le calendrier, tu as posé ton regard sur moi," dit-elle en pointant la reine des fêtes d'un doigt accusateur. "Et tu t'es mise à fredonner un carillon joyeux du temps des fêtes… Ah, j'en ai des frissons rien que d'y penser. Ça sonnait si morbide, sortant de *votre* bouche."

Le martèlement n'avait toujours pas cessé. Irritée, Apocalypse se tourna vers l'armoire. "Cocotte, tu peux arrêter ton vacarme?"

La petite boule de poils sortit de sa cachette en protestant. "Cocotte, Cocotte… C'est toujours moi! Mais je n'ai rien fait, je vous le jure!"

Toc… toc… toc…

"Alors, qui fait ce boucan?" demanda Apocalypse, sa patience à bout.

"Je crois que j'ai trouvé." La voix calme de Chaos attira leur attention vers un coin sombre du bar. Kerrak était là. Assis par terre, le visage contre le mur, il se frappait les oreilles à paumes ouvertes tout en martelant le sol de son pied, en rythme avec le son qui les avait réveillés.

Chaos s'approcha et posa une main sur son épaule. L'individu se retourna d'un coup sec. Un regard livide, presque blanc, les foudroya. La colère était si profondément gravée sur son visage qu'elle semblait avoir été marquée au fer rouge.

La Folie recula d'un pas, son sourire excentrique s'effaçant pour la première fois. "Je connais cette expression," murmura-t-elle. "Et elle n'est jamais bon signe."

Faisant sursauter tout le monde, Kerrak leva un bras tremblant et pointa brutalement Gaïa du doigt. Il laissa son index fixé sur elle pendant un long et terrible instant, son regard blanc et furieux semblant la transpercer. Puis, comme si l'effort était trop grand, il laissa retomber son bras et recommença à se frapper frénétiquement les tempes.

(Trouvez le Jour 13 dans le calendrier et allez à la page indiquée)

Jour 25

Épuisé, le Père Noël fut enfin tiré du sac magique, s'effondrant sur le plancher du bar comme un marin échoué après une tempête. "Où... Qu'est-ce qui s'est passé?" haleta-t-il, ses yeux balayant la scène de chaos et les visages étrangers.

Gaïa, aidée par Joseph, rejoignit le petit groupe qui s'était formé autour de lui. Mère Noël, agenouillée à ses côtés, prit une inspiration tremblante, tentant de condenser un mois de folie en quelques mots.

"Le calendrier de l'an dernier a explosé, mon amour," commença-t-elle, sa voix vibrante d'épuisement. "L'explosion t'a aspiré, toi et tous les autres. Je suis arrivée et tout était détruit... sauf Apocalypse, et eux deux..." Son regard se durcit en se posant sur Gaïa. "La loi de l'échange. On a dû reconstruire l'artefact, pièce par pièce. Chaque jour a été un cauchemar… ça fait deux ans que Noël a disparu et le monde court à sa perte. On a dû gérer le retour des frères d'Apocalypse… l'un s'est dissous en sable, l'autre nous a empestés! On a vu une sorcière piégée dans une bouteille de tequila! Elle y est encore, à ma connaissance. On a eu des doubles maléfiques qui se sont battus jusqu'à fusionner!" Son poing se serra et elle fit un geste rageur en direction d'une armoire de cuisine. "…Et… tout ça en supportant le nuisible qui se terre quelque part là-dedans depuis qu'il a causé la moitié des problèmes."

Pendant qu'elle parlait, l'horloge au mur accéléra son rythme. La boucle temporelle de sa reconstruction et de sa destruction se fit plus rapide, plus frénétique. Des murmures apeurés parcoururent les rangs des clients toujours plaqués contre les murs.

"Gaïa?" Joseph posa une main sur l'épaule de la Mère Nature. "Vous êtes pâle."

"Je… je le sens," déclara-t-elle, sa voix faible. "Mes forces… le portail les aspire."

Le Père Noël se redressa, la gravité de la situation chassant sa fatigue. "Alors il n'y a pas le choix," déclara-t-il, sa voix de commandement retrouvée. "Nous devons finir le calendrier. Maintenant. Et sans faire la moindre erreur. À ce stade, ça pourrait être mortel."

Sous une pression immense, ils se mirent au travail. La dernière pièce s'enclencha.

Mais rien ne changea.

Le vortex noir tournait toujours. L'horloge continuait sa danse macabre.

"Il faut les renvoyer," suggéra Joseph, sa voix brisant le silence.

"C'est la seule solution. La loi de l'échange doit être complétée," répliqua le Père Noël.

Un accord tacite parcourut la pièce. Tous les regards se tournèrent vers Gaïa. La porte de l'armoire s'entrouvrit, les yeux de Cocotte apparurent, et en entendant ce qu'il se disait, il referma aussitôt la porte dans un claquement sec.

Gaïa ne voulait pas quitter cette dimension, mais la survie de l'Humanité était dans la balance, et elle pouvait le sentir. Elle devait franchir le portail. Peut-être que la dernière histoire scellerait le pacte et ramènerait tout à la normale.

Mais avant qu'elle ne puisse faire ses adieux, le vortex pulsa violemment. Une silhouette fut recrachée du néant, projetée avec une force inouïe. Gaïa n'eut pas le temps de réagir. Enterré la percuta de plein fouet. Ils s'écrasèrent tous les deux au sol, inconscients.

"Non! NON! NON!" se précipita Mère Noël vers le corps inerte de Gaïa.

Au même instant, le calendrier se mit à imiter les pulsations frénétiques de l'horloge.

"C'est pas bon, ça…" gronda le Père Noël en se relevant. "C'est pas bon signe du tout."

Il s'approcha du calendrier. Son œil d'artisan repéra immédiatement l'anomalie. Une seule pièce semblait… différente. "Les veines du bois…" murmura-t-il, l'horreur se lisant sur son visage. "Elles sont inversées. La pièce a été mise dans le mauvais sens."

"C'est la case de Cupidon. Tout s'explique…" intervint Apocalypse, réalisant que l'erreur avait été commise pendant le chaos de la fusion.

À l'instant où elle prononça ces mots, tout devint noir.

Le bar disparut. Ils n'étaient plus que des fantômes, flottant dans un néant infini. Bientôt, d'autres formes spectrales les rejoignirent : des milliards de silhouettes humaines, projetées là depuis la Terre, défilant dans leur quotidien. Les apparitions se succédèrent de plus en plus vite, un maelström d'images où des scènes d'amour, de peur et d'horreur se mélangeaient sans distinction.

Et au milieu de cette tempête visuelle, l'histoire finale commença à défiler, rendant la situation plus confuse et terrifiante que jamais.

L'Erreur Fatale de l'Immortelle

Erzsébet Báthory, la Comtesse Sanglante, mourut en 1614 emprisonnée dans son château de Cachtice en Slovaquie, avec pour seule compagne, sa Vierge Rouge, Vasper, qui lui avait servi à perpétrer ses multiples actes de cruauté, tortures et barbaries en tous genres. Elles se souvenaient : la première parlait, passant ses longs doigts décharnés sur les pointes en se remémorant le goût du sang de chacune de ses victimes, tandis que la deuxième, muette, l'écoutait immobile.

Allait-elle recevoir un jour une nouvelle goutte de sang pour pouvoir se fermer définitivement?

Erzsébet savait sa fin proche et prépara son suicide. En versant son sang dans la Vierge Rouge, elle deviendrait immortelle, changerait d'aspect et de nature : c'était le pacte qu'elle avait conclu avec Satan.

Elle embrassa d'un dernier regard la magnifique vue sur les montagnes de Transylvanie, tourna les talons et entra dans le sarcophage.

Le mécanisme s'enclencha, la porte se referma lentement sur elle, les pointes fichées dans le fond ainsi que dans la porte, la transpercèrent de toutes parts. Un sang rouge sombre et putride coula sur le sol.

Plus la tache écarlate grossissait, plus elle prenait la forme d'une jolie jeune femme.

"Est-ce que je deviens un vampire comme vous, Madame?" demanda Vasper.

"Non, ta nourriture sera l'énergie vitale des hommes pendant leur sommeil. Tu leur offriras tes baisers et tes caresses tout en absorbant leur vie. Tu deviens un succube. Tu m'as fidèlement servie, Vasper, maintenant je t'offre ta propre vie. Tu verras, tu aimeras ta nouvelle existence… En revanche, tu ne dois jamais tomber amoureuse d'aucun immortel sous peine de perdre ta propre immortalité."

"Merci, Maîtresse, je vous en suis infiniment reconnaissante et vous promets de faire honneur à votre réputation."

Le sang s'était arrêté de couler de la Vierge Rouge et Vasper en avait absorbé la dernière goutte pour parfaire son apparence et ses facultés.

Elle se dirigea vers l'armoire d'Erzsébet, y trouva une magnifique robe noire qui faisait ressortir sa beauté diaphane et la blondeur presque blanche de ses longs cheveux.

Lorsqu'elle osa un regard au-dehors, Vasper ressentit une brûlure intense : ses yeux aux pupilles rouges ne supportaient pas la lumière du jour. Tout comme sa maîtresse, elle craignait les rayons du soleil. Le magnifique succube fut donc obligé de couvrir son corps entièrement. La Báthory perpétrait ses forfaits en cachant son visage; elle possédait une belle collection de masques et portait de bizarres morceaux de verre d'un rouge sombre devant ses yeux.

***

En quelques siècles, Vasper était devenue méconnaissable, sa beauté s'accentuait à chaque fois qu'elle s'enivrait de l'énergie vitale de ses amants, à tel point qu'elle ne supportait plus la magnificence que lui avait transmise la Comtesse Sanglante. Ses masques et costumes avaient évolué au fil des siècles, elle avait longtemps porté un masque rieur de la Comedia del Arte. Cependant le XXème lui avait offert le meilleur personnage de son immortalité : Catwoman !

Vasper se déplaçait toujours comme l'ombre furtive qu'elle devait être pour survivre et apparaissait dans les endroits les plus inattendus, elle avait hérité d'Erzsébet son humour noir mais effaçait peu à peu la cruelle Comtesse qui lui avait offert cette vie.

Malgré sa naissance dans les Ténèbres, le succube Vasper avait développé une forme d'empathie, due à son séjour permanent chez les humains et surtout à leur misère. Les horreurs avaient à peine changé de forme.

Elle était devenue une voleuse hors pair, une justicière, toujours prête à défendre l'opprimé. La lutte avait été longue pour vaincre la cruauté de la Báthory.

Elle avait également réussi à rester au milieu des humains afin de se nourrir de l'énergie négative des plus grands de ce monde et portait des lunettes noires, suivant la mode actuelle, la journée, ses yeux rouges effrayaient toujours.

Chaque année, lors de la fête d'Halloween, lorsque la frontière entre le monde des Morts et des Vivants disparaissait, beaucoup d'entités tentaient de rester ici-bas, mais se faisaient vite renvoyer dans les Limbes, dès qu'elles rencontraient un médium qui les perçaient à jour.

Vasper apparaissait chaque année lors de la Grande Parade de New York. Ombre furtive parmi les personnages les plus excentriques, elle profitait de l'euphorie générale, pour se livrer à son jeu de séduction et s'adonner aux plaisirs de la chair avec de très beaux hommes. Elle choisissait soigneusement ses proies.

Ce soir, elle suivait un beau brun, aux allures aussi fantomatiques qu'elle, qui lui rappelait un charismatique mortel. Elle l'avait repéré, sorti de nulle part, il était exsangue et pourtant ses origines indiennes ressortaient. Elle l'avait suivi quelques jours à travers les rues de New York afin de se présenter à lui à la première occasion. Son sourire ravageur, lorsqu'il regardait dans sa direction, montrait qu'il l'avait percée à jour. Il écumait les discothèques et en sortait toujours accompagné de jeunes hommes ou femmes, en jetant un coup d'œil vers l'ombre qui dissimulait Vasper. Comment aurait-il pu savoir? Elle qui avait toujours réussi à rester si discrète, avare de paroles sauf pour tenir quelques propos acerbes.

La Grande Parade allait démarrer et quelle ne fut pas sa surprise de reconnaître Freddy Mercury, déguisé en policier macho, tout de cuir et de chaînes vêtu!

Vasper fut horrifiée par sa découverte.

Elle, qui n'avait jamais rejoint le monde des Morts, tombait sous le charme de cet irrésistible cavaleur.

Au lieu de le séduire, elle tenta une approche frontale.

Freddy reconnut immédiatement la créature surnaturelle qui avançait vers lui.

Il l'accueillit, heureux de pouvoir faire la fête avec une créature de la même trempe que lui.

"Catwoman ! Je sens que nous allons bien nous amuser, les humains sont d'un tel ennui et manquent terriblement d'imagination!" s'écria-t-il en la prenant dans ses bras et poursuivant "j'espérais revivre de bons moments avec mes anciens potes, mais ils me déçoivent, ils ont perdu toute leur énergie"

"Freddy, ce n'est pas vrai! Tu es devenu un incube!"

"Enfin, Vasper, darling, tu es mal placée pour parler! En Enfer, tout le monde ne parle que de la disparition d'Erzsébet Báthory et ton nom revient sans cesse, c'est bien toi n'est-ce pas?" lui rétorqua le leader de Queen. "J'ai une proposition à te faire : et si ce soir, nous mélangions nos énergies?"

Voyant la belle Catwoman hésiter, il insista :

"Qu'est-ce qu'on risque? À part passer un excellent moment pendant lequel nos énergies et notre plaisir seront décuplés. Je parie qu'il y a longtemps que ça ne t'est pas arrivé!" poursuivit le bel arrogant au sourire provocant.

Vasper glissa sa main dans celle de Freddy.

Celui-ci l'entraîna à si vive allure que les humains ne sentirent qu'un léger frôlement à leur passage.

Arrivés dans un luxueux appartement du quartier de Tribeca, Freddy se jeta sur Vasper et l'embrassa fougueusement.

Ce Baiser! Oh ce baiser! Vasper ne s'en remit jamais, pauvre d'elle!

Elle oublia la recommandation de la Comtesse.

Prise de vitesse par Freddy, elle sentit son énergie, et sa vie absorbés par les lèvres brûlantes de l'incube.

Freddy se leva, la salua d'une magnifique révérence, lui fit un clin d'œil comme il en avait toujours eu l'habitude, sortit de l'appartement, laissant derrière lui une Vasper si désespérée qu'elle en devint folle.

Vasper pleura, pleura encore et encore si fort qu'elle lâcha un cri et se fit engloutir par ses propres larmes, tombant dans un gouffre sans fin.

Auteure : Krysta L

𝒮uite —

Le maelström d'images se retira de leurs esprits aussi violemment qu'il les avait envahis. Le bar revint à la normale, ou du moins, à la version brisée de la normalité à laquelle ils s'étaient habitués.

Mère Noël fut la première à bouger, se précipitant vers Gaïa qui revenait à elle difficilement, le corps secoué de tremblements. Le vortex noir était encore là, une plaie béante au centre de la pièce, mais l'horloge temporelle avait disparu, laissant un silence angoissant à la place de son rythme infernal.

Le Père Noël ramassa une fourchette à cocktail sur le comptoir. Avec la minutie d'un horloger désespéré, il s'approcha du calendrier, cherchant à forcer la pièce inversée sans rien briser de plus. Le stress était plus palpable que l'humidité d'une main plongée dans les remous d'une mer agitée. Les murs du bar semblaient chercher à se fissurer, gémissant sous une pression invisible. Une lueur bleutée courait le long du calendrier, marquant l'interstice de chaque pièce qui fut jadis brisée.

"Nous n'avons plus beaucoup de temps. C'est maintenant ou jamais!" s'écria le Père Noël, sa voix tendue à se rompre.

"Vite… Apocalypse… donne-moi un coup de main," implora Gaïa, qui s'appuyait déjà lourdement sur Mère Noël pour se tenir debout.

Les autres regardaient, le souffle coupé, impuissants. Que pouvaient-ils bien faire?

Apocalypse rejoignit Mère Noël, et ensemble, elles soutinrent Gaïa, la guidant vers le bord du néant. La Mère Nature se tourna une dernière fois vers eux.

Avec un dernier "Au revoir, mes amis," Gaïa finit par mettre le pied dans le portail.

Elle fut aspirée d'un coup. La succion fut si violente qu'elle passa proche d'entraîner la dame en rouge et la mère de tous les maux, Apocalypse, avec elle. Elles furent sauvées à la dernière seconde par la poigne de fer de Chaos, qui les attrapa par le col et les tira en arrière, les empêchant de basculer dans le vide.

Dans sa chute à travers le néant, Gaïa croisa une silhouette. C'était Vasper, le succube, qui remontait le gouffre en sens inverse, comme un plongeur revenant à la surface. Leurs regards se croisèrent, un instant de pure compréhension cosmique, l'équilibre qui se rétablit.

Puis Gaïa disparut, et le portail recracha l'autre dans le bar.

Vasper atterrit lourdement sur le sol, son corps se tordant un instant avant de s'immobiliser, inconsciente. La loi de l'échange était accomplie ou presque.

(Continuer pour l'épilogue)

Épilogue

Épilogue & La Case Maudite

Le Père Noël arriva enfin à retirer la pièce maudite. Le portail vacilla, menaçant de s'effondrer sur lui-même. Apocalypse regarda autour d'elle. Mère Noël fit de même. "Mais où est ce lapin de malheur?"

Joseph étira son bras d'os en pointant l'armoire. "Je l'ai vu entrer dans cette porte."

La structure complète du Bar Céleste commençait à se fissurer, des craquements sinistres courant le long des murs comme des éclairs figés. La pression du portail devenait si intense qu'elle menaçait d'aspirer la place en entier. Certains s'étaient attachés à Gaïa et affichaient un regard triste, tandis que d'autres hésitaient, pétrifiés devant le spectacle qui n'était pas encore terminé.

Le calendrier vibrait violemment, empêchant le Père Noël de toute manipulation précise et rendant l'insertion de la pièce corrigée plus difficile.

Mère Noël ouvrit la porte de l'armoire d'un coup sec. Apocalypse aperçut le lapin, tremblant de peur dans le fond de sa cachette. "Vient ici," ordonna-t-elle, sa voix ne tolérant aucune discussion. Mais Cocotte ne voulait pas obéir. Il ne voulait pas retourner dans cette dimension qui l'avait vu naître.

Elle finit par mettre la main sur lui, mais la petite peste se débattit comme un diable, griffant ses avant-bras, s'agrippant à tout ce qu'il pouvait. Dans sa panique, il accrocha la bouteille de tequila, cherchant à frapper son agresseur. Mais la bouteille lui glissa des pattes, passa à côté d'Apocalypse et se brisa sur le coin du comptoir. Lolo, secouée par le mouvement puis par l'impact, était finalement libre… mais libre de quoi? La situation était toujours périlleuse.

"Tu dois retourner d'où tu viens!" s'écria Apocalypse en le maîtrisant.

"NON!" pleura le lapin de toutes ses forces.

"MAINTENANT!" hurla le Père Noël. Il venait de mettre la pièce en place d'un coup sec. Le portail vacilla une dernière fois; il était sur le point de se refermer, et si Cocotte restait là, tout serait à recommencer une année encore…

Finalement, les yeux du lapin se posèrent sur un objet inattendu sur le comptoir. Il s'arrêta net de se débattre, au grand soulagement de la femme. "Enfin, tu as compris."

Mais le portail vacilla et se referma… Cocotte lâcha un soupir de soulagement… Apocalypse inquiète, le déposa par terre.

"On n'a pas le choix faut utiliser la dernière ressource." Dis enfin Mère Noël. "Et de passer à la dernière case du calendrier."

Une vague d'incompréhension parcourut la pièce. Quelle dernière case? Certains posèrent la question à voix haute, d'autres se contentèrent de rester bouche bée. Seul Cocotte, qui se croyait désormais hors de danger et s'imaginait déjà profiter des cacahuètes pour l'éternité, fit un signe de l'index autour de son oreille en ricanant. "Le calendrier l'a rendue complètement zinzin. Elle ne sait plus compter."

Cependant, son expression changea radicalement lorsqu'il vit la dame en rouge tourner le lourd artefact, exposant pour la première fois son dos. Une seule et unique fente, entourée de runes menaçantes, y était gravée. "" La Case Maudite"," expliqua Mère Noël sous le regard horrifié de Cocotte. "C'est une case de sécurité. Elle sert à remettre le compteur à zéro… et à renvoyer chacun chez soi."

Le lapin recula en douce, cherchant une issue. Il fit une course folle vers la sortie, mais au dernier instant, une silhouette se dressa devant lui, lui barrant le chemin. Le Minotaure le fixait, un sourcil levé. "Tu ne vas nulle part."

Profitant de la diversion, Cocotte eut un éclair de génie malicieux dans les yeux. Il fit un dernier sourire narquois au barman et reprit sa course folle autour du bar. "Tu ne m'attraperas pas!" hurla-t-il.

Au passage, dans un geste d'une rapidité foudroyante, il attrapa la poupée Joseph qui reposait sur le comptoir. Sans même ralentir, il sauta à travers le portail scintillant, sous le regard médusé de l'assemblée.

Et au moment où le passage se referma dans une implosion silencieuse, tout se produisit en même temps. Le cri du vrai Joseph qui résonna, étiré, déformé, avalé par le néant. "Sois maudit, stupide lapin!" hurla-t-il tandis que son corps disparaissait dans la déchirure lumineuse.

Le temps sembla se suspendre. Puis, presque aussitôt, deux cris éclatèrent à travers le silence revenu : celui de Mère Noël, empli d'une frustration désespérée, et celui d'Apocalypse, un hurlement de rage pure, primal, déchirant. "NON!"

Leurs bras tendus vers le vide, elles tentèrent en vain de rattraper l'insaisissable malfrat, tandis que le portail se refermait sur le dernier écho du cri de Joseph.

Auteur : Lios-Art ©

À suivre…

Votre avis compte !

Prenez deux minutes pour laisser un commentaire sur Amazon et partagez votre expérience.

Les 25 Auteurs participants en ordre de texte lié au jour du calendrier.

Intro & l'avant et l'après des histoires Lios Art ©
1-Jocelyn Grenier
2-Audria Engel
3-Peggy Vanderhispallie
4- Julie Bourgeois
5-Noémie Drolet
6-Pascale Laf
7-Didier Roth
8- Sil Socrate
9-Marianne Carpentier
10-F. LeRoy
11-Rose Plourde
12-Simon Lacroix
13-Léa-Jade Gagné
14-Robert Bergevin
15-Joseph Abboud
16-Manon Déziel
17- Joanie Frigau
18- Christina Damico
19-Mario Côté Poly
20-Alexys Bourgeois
21-Jean-Michel Gaudron
22-Steve Lacharité
23-Jas Lavoie
24-Kriek Christelle
25-Krysta L
Épilogue - Lios Art

Conception et Écriture de l'univers
Des Dessous D'Apocalypse & Illustration par :

Lios-Art © (Aka : L. Bourgeois)

www.Lios-art.com

Admin@lios-art.com